Fernweh

Sonnenbrand & Sehnsuchtsziele
(Ungewöhnliche *Momentaufnahmen* Rund ums
Thema Urlaub)

Das etwas andere kleine Geschenkbuch mit
Geschichten, Illustrationen und Fragen & Antworten.

*Dieses Büchlein ist ein mit Liebe
ausgesuchter, kleiner, außergewöhnlicher,
bemerkenswerter, phänomenaler, unvergleichlicher,
magischer, unübertroffener, fabelhafter
Gruß an einen ebensolchen Menschen.*

Ein kreatives Geschenk

von:

für:

Alle Figuren und Handlungen dieser Texte sind frei erfunden. Jegliche Ähnlichkeiten mit realen Ereignissen und Personen wären purer Zufall.

Lars Winter
Edition Kuvertgeschichten
(Das besondere Geschenkbuch zum Verschicken)

Band 3 – Fernweh – Sonnenbrand & Sehnsuchtsziele

Tropenfieber 1928 wurde bereits in
Das zwischen Männern und Frauen veröffentlicht

1.Auflage
März 2019
ISBN 978-3-946186-10-6

Wind und Sterne Verlag –
Fabienne Meyer | Hinterruthen 1 | 55571 Odernheim

windundsterneverlag@gmail.com
www.windundsterne-verlag.com

Gestaltung und Satz: alles mit Medien

Redaktion Fragen & Antworten: Valerie Noack

Lektorat & Korrektorat: Valerie Noack

Illustrationen: Wolfgang Keller

FRAGEN & ANTWORTEN:

Thema: Urlaub im Allgemeinen

Frage:

Es gibt kaum einen Menschen, der ihn nicht liebt: den Urlaub. Aber wissen Sie auch, von was sich dieser Begriff ableiten lässt?

- ☐ Vom althochdeutschen Wort »urloup«
- ☐ Vom mittelalterlichen Begriff »erlaub«
- ☐ Vom germanischen Wort »orlôb«

Antwort:

Aus dem mittelhochdeutschen Wort »urloup«.

Die Bedeutung dieses Begriffs hat nichts mit Reisen, Seele baumeln lassen oder entspannen zu tun. Stattdessen bezeichnete das Wort »urloup« früher die Bitte um Erlaubnis, sich entfernen zu dürfen – und zwar nicht, um seine Freizeit zu genießen, sondern um seinen Pflichten nachkommen zu können. Erst in der Neuzeit entwickelte sich der Sinn des Wortes »Urlaub« in die Richtung, dass man beim Arbeitgeber um Freizeit bittet.

Frage:

Die meiste Zeit verbringen die Deutschen auf der Arbeit und sind durchschnittlich 38 Jahre ihres Lebens fleißig. Was schätzen Sie, wie viel Zeit man durch Urlaubs- und Feiertage zusammengerechnet davon frei hat?

- ☐ 1,5 Jahre
- ☐ 3,9 Jahre
- ☐ 6,1 Jahre

Antwort:

3,9 Jahre.

Jede Menge Zeit also, um zu verreisen. Zählt man auch noch alle Wochenenden dazu, haben wir sogar das Vierfache davon frei! Aber ab und zu ist es auch schön, an einem faulen Sonntag mit einem guten Buch auf dem Sofa sitzen zu bleiben und von Abenteuern in fernen Ländern zu lesen.

Frage:
Man liegt im Urlaub am Strand, wandert oder genießt auf einem Kreuzfahrtschiff einen leckeren Cocktail. – Endlich gibt es Abstand vom stressigen Alltag und Entspannung macht sich breit. Aber wie lange hält diese Erholung nach der Rückkehr überhaupt an?

- ☐ 2 Tage
- ☐ 2 Wochen
- ☐ 1 Monat

Antwort:
2 Wochen.
Die Erasmus Universität in Rotterdam fand bei einer Umfrage heraus, dass die Erholung, die man sich während des Urlaubs aneignet, schon nach 2 Wochen zurück im Alltag wieder verflogen ist. Das Glücksgefühl, das man nach einer Urlaubsbuchung empfindet, hält sich dafür im Vorfeld über Monate. Nicht umsonst heißt es bekanntlich, dass Vorfreude die schönste Freude ist!

Frage:
Die Welt hat wirklich viel zu bieten, angefangen bei den heißen und trockenen Wüsten der Sahara über den grünen Dschungel im Amazonasgebiet bis hin zu den frostigen Eisbergen in der Antarktis. Aber wie viel von der Erde sieht der Deutsche eigentlich im Durchschnitt?

☐ 5 %
☐ 10 %
☐ 15 %

Antwort:
5 %
Das entspricht etwa 10 verschiedenen Ländern auf der Welt. Spanien ist dabei das beliebteste Urlaubsziel der Deutschen. Die Spanier selbst bereisen übrigens während ihres Lebens nur 3 % der Erde.

Frage:

Leigh Thompson von der Kellogg School of Management und Terence Mitchell von der Foster School of Business fanden in einer Umfrage heraus, wann eine Person mit einer Urlaubsreise am zufriedensten ist. Was denken Sie, war das Ergebnis?

- ☐ Vorher und währenddessen.
- ☐ Vorher und nachher.
- ☐ Währenddessen und nachher.

Antwort:

Vorher und nachher.

Die Ergebnisse waren eindeutig: Vor dem Urlaub waren alle Befragten voller Vorfreude und im Nachhinein froh, sich erholt zu haben. Aber während der Reise sank die Zufriedenheit. Gründe waren beispielsweise Enttäuschung, weil man zu viel erwartet hat, oder der Druck, aktiv sein und sich amüsieren zu müssen.

Die Tattoo-Architektin

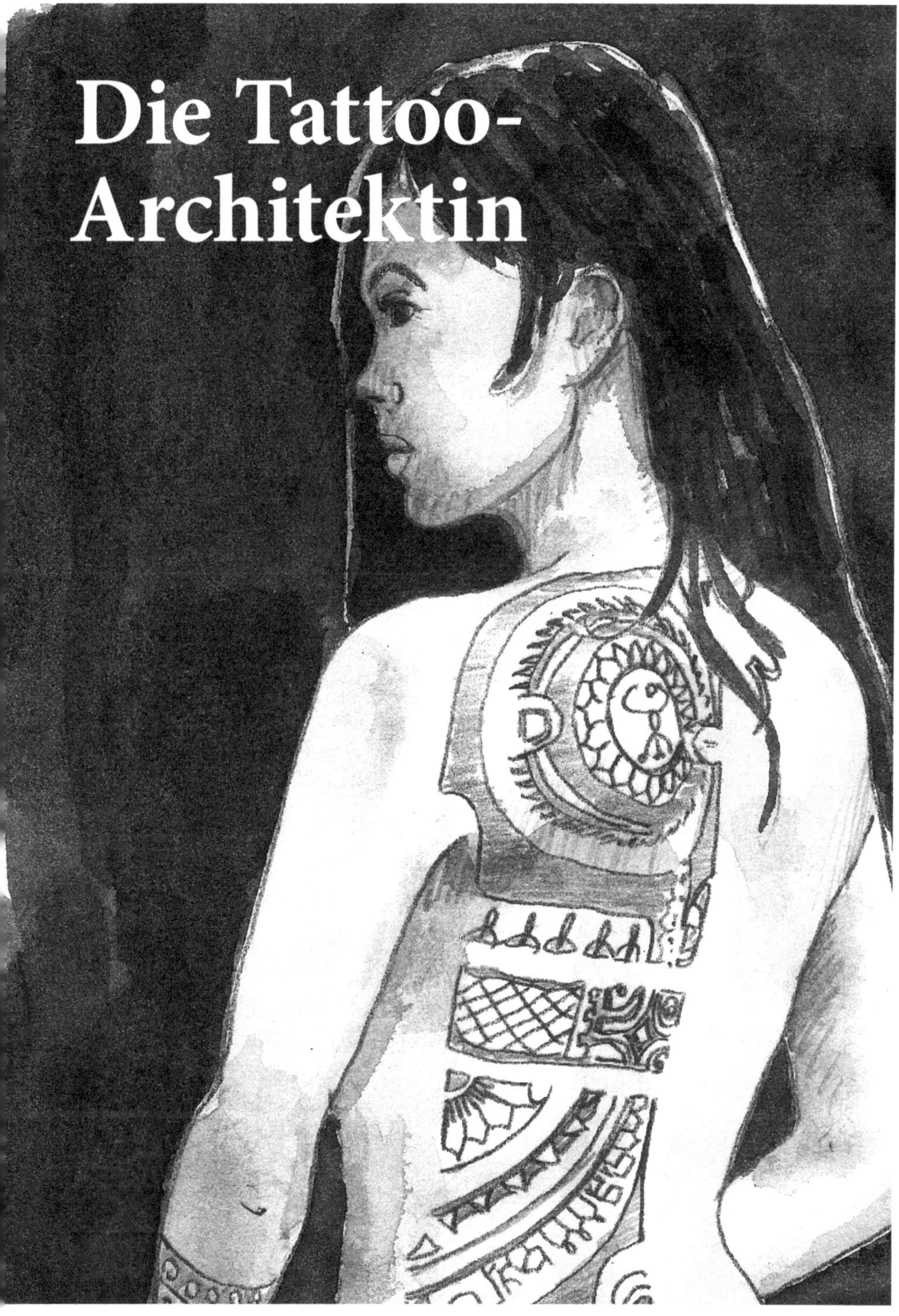

Der Kapitän der Air-New-Zealand-Maschine hatte die bevorstehende Landung in Auckland gerade über die Lautsprecher angekündigt und sich gleichzeitig bei den Passagieren für die Verspätung, die sie haben würden, entschuldigt. Niemand schien davon großartig Notiz zu nehmen. Was waren schon zwanzig Minuten nach fast 24 Stunden über den Wolken? Die meisten Reisenden waren ohnehin längst in diesem merkwürdigen Zustand zwischen Apathie und launiger Vorfreude.

Das galt auch für die Frau, die sich gerade die Augen rieb. Während sich um sie herum andere Passagiere in ihren Sitzen wachräkelten, richtete sie den dünnen Luftstrahl der Aircondition-Düse direkt auf ihr Gesicht.

Ihr rothaariger Nachbar zur Linken war scheinbar schon vor der Durchsage wach gewesen. Wenigstens klang seine Stimme danach.

»Ich werde es nie verstehen, dass es Menschen gibt, die eine Landung verschlafen und erst aufwachen, wenn der Pilot die Turbinen abschaltet«, sagte er, beugte sich vor und deutete mit seinem Zeigefinger auf die rechts neben ihnen sitzende Frau. Die schien noch immer tief und fest zu schlafen. An ihrer Bluse war ein Knopf aufgesprungen. Der hauchdünne BH darunter war verrutscht. Die auf ihre Brüste tätowierten farbigen Luftballons hoben und senkten sich mit jedem Atemzug.

»Sieht aus, als würden sie wegfliegen wollen«, sagte der Rothaarige seufzend. »Mir würde einfach etwas fehlen, wenn ich solche Momente verpassen würde.« Obwohl er direkt am Fenster saß, schien den Mann die Welt da draußen überhaupt nicht zu interessieren.

Carla Steiger beugte sich vor und genoss die klimatisierte Luft, die ihr Gesicht kühlte. Ihr rothaariger Sitznachbar musste in etwa gleich alt sein wie sie, aber da hörten die Gemeinsamkeiten auch schon auf. Das hatte sie bereits unmittelbar nach dem Start von London-Heathrow und den ersten fünf Sätzen, die sie miteinander gewechselt hatten, gemerkt. Aber zum Glück gab es Kopfhörer, Musik und Filme. Carla freute sich auf diese Reise. Vier Wochen würde sie Neuseeland kennenlernen. Die Tour hatte ein kleines Vermögen gekostet, aber das hatte sie sich leisten können. Sie war reich – nicht wie Mister Microsoft, aber sie hätte problemlos erster Klasse fliegen und ausschließlich Fünfsternehotels buchen können. Nur war es nicht das, was sie gewollt hätte.

Das Auftauchen der Stewardess, die vor der Landung die Pappbecher und Kaffeetassen einsammelte, brachte den Rothaarigen ins Schwärmen.

»Haben Sie die wundervollen Tätowierungen an den Beinen der Stewardess gesehen? Wenn Sie mich fragen, dann hat die schwarze Strumpfhose die filigranen Strukturen der farbigen Blumenranken darunter sogar noch betont. Wie weit die wohl noch an den Beinen hochwachsen?«, überlegte er seufzend. »Ich könnte Ihnen nicht mehr sagen, welche Haarfarbe die Frau hat, aber Tattoos vergesse ich nie. Was gibt es Schöneres, als wenn Haut zur Leinwand wird? Da, schauen Sie selbst!« Der Mann schob sich die Hemdsärmel hoch.

»Ich lasse nur Könner an meine Haut.« Auf beiden Unterarmen waren jetzt farbige Tätowierungen zu sehen. Wie Bilder eines Puzzles schienen alle irgendwie zusammenzugehören. Kennen Sie Dantes *Inferno*? – Das sind Szenen daraus, von unterschiedlichen Künstlern angefertigt.« Der Mann drehte seine Arme und präsentierte voller Stolz die Illustrationen darauf. »Diese da ist mein Favorit«, sagte er, auf ein Gesicht am linken Unterarm deutend. »Das ist ein echter Amedeo, das ist der Banksy der Tätowierer.«

»Sie meinen diesen Graffiti-Künstler, von dem niemand weiß, wer sich hinter dem Namen versteckt?« Carla Steiger betrachtete das Bild jetzt genauer.

»Eben den. Auch von dem Tattoo-Künstler weiß man so gut wie nichts. War eine ganz schön schräge Sache ihn zu treffen. Alles sehr geheimnisvoll. Der Meister hat einen Manager und über den laufen alle Gespräche. Wenn man Glück hat kriegt man irgendwann nach der Kontaktaufnahme einen Rückruf, bekommt eine Zeit genannt und jemand holt einen ab. Man hat die ganze Zeit über eine schwarze Sonnenbrille auf, sogar während der Meister an einem arbeitet. Und wehe man versucht die Brille abzunehmen. Auch wenn man im Voraus bezahlen muss, hört der Meister einfach zu arbeiten auf. Soll es alles schon gegeben haben. Mir das stechen zu lassen hat ein Vermögen gekostet, aber die viertausend Pfund würde ich jederzeit wieder dafür bezahlen.«

»Wann haben Sie sich das machen lassen?«

»Letzten April. Ich bekomme jetzt noch Gänsehaut, wenn ich daran denke – aber nur vor Begeisterung. Dieses Erlebnis war besser als Sex, das dürfen Sie mir glauben. Und der Meister hat das Bild sogar signiert.«

Carla Steiger wollte gerade etwas erwidern, als sich erneut die Stimme des Kapitäns über den Lautsprecher meldete.

»Wir befinden uns jetzt im Landeanflug. Bitte stellen Sie Ihre Sitze wieder gerade und schnallen Sie sich an.«

Der rothaarige Mann schob seine Hemdsärmel herunter und lehnte sich lächelnd in seinen Sitz zurück.

»Wenn Sie wüssten, wie wichtig mir meine Tattoos sind. Es soll Leute geben, die lassen sich nach ihrem Tod die Haut abziehen, nur um die Bilder darauf für die Nachwelt zu erhalten. Dafür bin ich viel zu egoistisch. Ich will damit beerdigt werden.« Der Mann streichelte zärtlich seinen Unterarm. »Sie scheinen sich so überhaupt nichts aus Tätowierungen zu machen«, sagte er enttäuscht.

Carla Steiger dachte über diesen Satz nach.

Genaugenommen waren Tätowierungen sogar der Grund, warum sie ihre Flugangst zu überwinden gelernt hatte. Die Ureinwohner Neuseelands pflegten eine viel kultiviertere Tradition Haut mit Bildern zu schmücken, als es die Europäer taten. Auf dem alten Kontinent hatte man sich zwar seit der Jungsteinzeit Bilder in die Haut stechen oder ritzen lassen, nur waren über die Jahrtausende der Sinn und die Magie dahinter in Vergessenheit geraten. Während sich in Europa irgendwann nur noch Matrosen und Verbrecher simple Symbole stechen ließen, trugen die Maoris ihre Muster wie Schmuck. Als Jugendliche hatte Carla etliche Bücher über den südlichen Teil des Pazifiks gelesen. Von Jack Londons *Südseegeschichten* bis Gauguins *Noa Noa*. Für ihr Interesse an Tattoos war aber Bradburys *Der illustrierte Mann* verantwortlich gewesen. Nur deshalb hatte sich Carla schon während ihres Kunststudiums mehr für Haut als für Leinwand interessiert. Die interessanteste Tätowierung, die sie an Bord dieses Flugzeugs gesehen hatte, war die auf dem Kopf eines Fluggastes gewesen. Dessen kurzes dunkles Haar hatte das Tattoo irgendwie obskur und geheimnisvoll wirken lassen. Auf ihren Toilettengängen war sie an dem Mann vorbeigegangen. Sie würde darüber nachdenken, ob man Haare und Bilder noch intensiver miteinander verbinden konnte. Vielleicht war das ja ein weiteres Thema für ihr Treffen mit Hokioi, dem alten Maori, dessen Werke sie vor Jahren zufällig in einem Bildband über Neuseeland gefunden hatte. Das Treffen mit ihm sollte der Höhepunkt der Reise werden. Anfänglich hatte der Maori-Tätowierer ein Gespräch kategorisch abgelehnt, aber Geld und ein paar gemailte Bilder von Carlas eigenen Arbeiten hatten ihn dann doch umgestimmt. Vielleicht würde aus ihrem Gespräch ja sogar eine Zusammenarbeit werden – so wie bei Gauguin und Van Gogh. Sie wäre bereit dafür.

Als die Boeing 777 landete, spürte Carla Steiger die Vorfreude auf alles, was da kommen würde.

Den Rothaarigen, neben dem sie mehr als einen ganzen Tag gesessen hatte, traf sie noch einmal in der Gepäckabfertigung des Terminals.

Während der Mann angestrengt nach seinen Gepäckstücken Ausschau hielt, war Carla mit ihrem Koffer bereits Richtung Ausgang unterwegs. Auf halber Strecke blieb sie stehen und ging zu dem Rollband der Gepäckausgabe zurück.

»Sie müssen jetzt stark sein«, sagte sie, als der Mann sich zu ihr umdrehte. »Amedeo signiert niemals die von ihm angefertigten Tattoos. Seiner Meinung nach sind Signaturen eine Aufforderung zur Fälschung. Außerdem sind seine Farben und Formen seine Signatur. Niemand sonst bekommt das so hin.«

Der verdutzte Blick des Rothaarigen verfolgte Carla bis sich die Ausgangstür hinter ihr schloss.

Neuseeland war genau so, wie es die Reiseführer beschrieben hatten. Zwei große und unzählige kleine Inseln, mit sieben Mal mehr Schafen als Menschen darauf und einem endlosen Himmel darüber. Das Klima erinnerte sie an ihre Heimat, wie das Essen an deftige Hausmannskost. Nur das Bier sorgte für Heimweh und die Kriebelmücken waren eine echte Plage.

Carla Steiger verbrachte einen Tag in Auckland und reiste anschließend mit einem Inlandsflug nach Christchurch weiter. Ein schweres Erdbeben hatte die Stadt vor Jahren heimgesucht und die Spuren waren noch immer überall zu sehen. Sie blieb nur einen Tag und war dann mit dem Leihwagen unterwegs. Im Landesinneren, am Lake Tekapo, hatte sie eine Nachwanderung gemacht. Noch nie waren ihr die Sterne so nah, hell und funkelnd vorgekommen wie hier über dem See. Dann fuhr sie nach Queenstown und überlegte, ob sie mit einem Bungeeseil an den Füßen von der Kawarau Brücke springen sollte. Sie stürzte sich dann aber doch lieber ins Nachtleben. Zur Erholung blieb sie einen Tag in Wanaka, bevor sie morgens nach Westport weiterfuhr. Unterwegs hatte sie alle Farben, Gerüche und Geräusche der Insel in sich aufgesaugt. Kreative Menschen machten das so. Aber all das war nur ein Vorgeschmack darauf, was sie die kommenden Tage über erwarten würde. Von ihrem Agenten hatte sie Adresse und Zeitpunkt des Treffens mit Hokioi mitgeteilt bekommen. Der wohnte auf der Nordinsel, in einem kleinen Dorf am Rande des Roturua Sees. Weil es in dem Ort kein Hotel gab, hatte Carlas Agentur erst einmal für eine Woche ein Bed & Breakfest in Tihiotonga für sie gebucht. Anschließend, wann immer das sein mochte, würde sie mit ihrem Leihwagen weiter über die Nordinsel fahren. Fest stand nur der Termin für den Rückflug. Aber daran wollte Carla Steiger keinen Gedanken verschwenden. Jetzt stand erst einmal das Treffen mit dem großen Hokioi an. Ein Treffen auf Augenhöhe, davon war sie überzeugt. Genaugenommen hatte Carla – oder Amedeo, wie sie sich wegen ihrer Verehrung für Modigliani nannte – die Tattookunst seit Jahren revolutioniert. Als Erstes hatte sie alle Farben selbst gemischt, denn die langweiligen Blau- und Schwarztöne passten ihrer Meinung nach besser zum Kennzeichnen von Schlachthoftieren. Anschließend hatte sie mit Formen experimentiert. Plastische Bilder mit Tiefe und Struktur waren ihr Ziel gewesen. Tattoos, die sich mit jeder Bewegung des Menschen, der sie trug, in ihrer Form veränderten. Dazu hatte sie alle anatomischen Besonderheiten eines Körpers miteinbezogen. Narben, Grübchen, Falten, Armbeugen, schmale, wulstige, dicke und dünne Lippen, die Sehnen, Fettpölsterchen und Muskeln. Das Ergebnis war immer ein Spiel von Farbe und Form und von Licht und Schatten auf der Haut gewesen. Auf eine glatte, große, ebene Hautpartie konnte jeder drittklassige Tätowierer sein Bild stechen. Amedeo bezog die Ellenbogen, die Achselhöhlen, die Kniekehlen, die Bauchnabel, die Po-Ansätze, die Muttermale und Schwangerschaftsstreifen in die Bilder mit ein. Ihre letzte revolutionäre Innovation waren duftende Tattoos gewesen. Sie hatte lange herumexperimentiert, bis sie die richtigen Kombinationen aus Farbe und Aromen gefunden hatte. So wenig, wie ihre Tattoofarben verblassten, so wenig verflüchtigte sich der Duft in der Haut der Menschen, die solch ein Bild trugen. Hatte sie anfänglich Farben nur mit Duftölen, destilliert aus Jasmin und Pomeranzen, kombiniert, so hatte sie seit kurzem eine Methode entwickelt, um körpereigene Gerüche für immer zu konservieren. Anfänglich waren es deutlich mehr Frauen als Männer gewesen, die sich für diese spezielle Tattoovariante interessierten. Vor allem junge und erfolgreiche Frauen. Was gab es Verführerisches als ihren Duft? Was war also naheliegender, als diese Aromen so lange zu tragen, bis die Haut über den Knochen welk und runzelig wurde? Dafür reichten schon sechs über den Torso und Arme und Beine verteilte Bilder, die nicht größer sein mussten als der Durchmesser von Espressotassen. Waren es in den ersten Monaten nur Schauspielerinnen und Models gewesen, die ihren Agenten mit Anfragen überschütteten, waren es anschließend Männer, die sich danach erkundigten. Nur wollten die Testosteron-Tattoos. Sie hätte jeden Tag zehn solcher Bilder stechen können – jedes für 10.000 Pfund. Sie aber suchte sich die Menschen aus, denen sie die Unwiderstehlichkeit oder die Verführung unter die Haut tätowierte. Kam eine Anfrage, ließ sie von ihrem Agenten erst einmal recherchieren, wer sich da um einen Termin bemühte. Die meisten Interessenten lehnte sie ab. Sie wusste, dass sie der beste lebende Tätowierkünstler war, ihre männlichen Kollegen eingeschlossen. Deshalb machte sie ein Geheimnis um ihre Person. So würden ihr all die Minderbegabten, die Handwerker und Scharlatane wenigstens nicht ihre Zeit stehlen. Hätte man Carla Steiger gefragt, wen sie in ihrem Leben gern getroffen hätte, so hätte sie, ohne groß nachdenken zu müssen, den illustrierten Mann aus Bradburys Buch gesagt – mehr aus Neugierde und Melancholie. Gleich danach hätte sie Hokioi genannt. Der alte Maori war eine Legende und vielleicht war er der einzige lebende Tätowierer, von dem Amedco noch etwas würde lernen können. Und übermorgen würde es endlich so weit sein.

Ihre Fähre von Picton nach Wellington startete um Viertel nach zwei nachmittags. Die Fahrt am nächsten Tag durchs Landesinnere würde über fünfeinhalb Stunden dauern. Also würde sie noch einmal in der Hauptstadt übernachten.

Trotz der Vorfreude auf den nächsten Tag hatte Carla Steiger die Nacht über wunderbar geschlafen. Wäre sie um zehn zu Bett gegangen, hätte sie wahrscheinlich kein Auge zugemacht. So hatte sie um elf die Hotelbar verlassen und der Mann, der sie begleitet hatte, war blauäugig und hübsch gewesen. Trotz seiner dunklen Haare hatte er eine sehr blasse Haut gehabt. Das Tribal-Tattoo auf der Außenseite seines Oberschenkels war stümperhaft gestochen worden, aber, das hatte sie nicht wirklich gestört. Es gab nichts Besseres, um die innere Unruhe in den Griff zu bekommen, als sich Haut in Haut abzulenken. Der Schlaf danach war immer komatös.

Ihr Treffpunkt am kommenden Tag war der Regionalflughafen von Roturua. Dort wollte sie auch ihren Leihwagen stehenlassen. Der Mann, der dort auf Carla wartete, war ein waschechter Maori. Bronzefarbene Haut, schwarzes Haar, leicht schräggestellte Augen und ein Blick, der einen zu durchdringen schien.

»Der Meister erwartet Sie«, war neben einer kurzen Begrüßung alles, was der Mann auf dem Weg zu seinem Auto sagte. Das blieb auch während der Fahrt so. Dabei hätte Carla so viele Fragen gehabt. Fasziniert hatte sie die Bilder und Muster im Gesicht und auf den Armen des Mannes betrachtet. Muster, die vor allem aus kunstvollen Linien bestanden und zu wackeln schienen. Aber vielleicht war daran auch nur die holpernde Fahrt schuld.

Das Haus des Maori-Meisters war typisch für die Gegend – der Mann, der in der offenen Haustür wartete, war es ebenfalls.

»Sie sind jünger, als ich erwartet habe«, sagte er, bevor er zurück in den Hausflur trat.

»Alt genug, um ein Meisterwerk zu erkennen«, antwortete Carla und deutete auf den Mann, der sie abgeholt hatte. »Die Muster in seinem Gesicht und auf seinen Armen sind pure Magie.«

Hokioi zog die Augenbrauen in die Höhe. »Das hat mit Zauberei nichts zu tun«, sagte er nach einer Weile. »Magie ist etwas für die Schwachen. Die erklären sich damit ihre Niederlagen. *Moko* ist etwas völlig anderes. Für den, der ritzt, ist es Können, und für den Träger sind die Muster, die er trägt, Symbole. Aber das versteht ihr Europäer nicht. Treten Sie ein und sagen Sie mir, was Sie hier in meinem *whare,* meinem Haus, zu finden hoffen.«

Carla folgte dem Mann in ein lichtdurchflutetes Zimmer und setzte sich auf einen der Stühle.

»Ich suche nach dem Anfang«, sagte sie nach einer Weile. »Mir geht es wie jemandem, der ein Buch gelesen hat, in dem die ersten Kapitel fehlen. Die hoffe ich hier zu finden. Ich möchte ihnen bei der Arbeit zuschauen und sie mit meiner Arbeitsweise vergleichen. Ich suche Perfektion.«

Hokioi gab dem jungen Mann, der Carla am Airport abgeholt hatte, ein Zeichen. Der Maori stand auf und zog sich unvermittelt aus. Seine nackte Haut war eine einzige Leinwand. Die Muster erinnerten Carla an Bilder aus der Südsee und an Formen und Strukturen aztekischer Herkunft.

»Wir tragen unsere *ta mokos* zwar wie Schmuck, aber dieser Schmuck erzählt davon, wer man ist. Das Gesicht spricht lauter als eine Stimme. *Ngunga, uma, wairua,* die Stellung in der Gemeinschaft, ob man verheiratet ist und der Geist, von dem man beseelt ist – all die Antworten kannst du aus den Mustern lesen. Ein Wort weht davon, ein Bild bleibt. Wer bist du? Welchen Schmuck trägst du?«, fragte der alte Meister. »Ich sehe bloß deine fahle Haut. Hast du etwas zu verbergen? Versteckst du dein Leben etwa unter Stoff?«

Carla Steiger schüttelte den Kopf.

»Es gab bisher niemanden, der gut genug war, als dass ich ihm meine Haut anvertraut hätte.« Sie seufzte. »Das mag arrogant klingen, aber so ist es nun einmal. Wenn ich es könnte, würde ich mir selbst ein Bild neben das andere tätowieren.«

»Unsere *mokos* sind keine Bilder – es sind Muster, die dir sagen, wer dir gegenübersteht.« Der alte Mann beugte sich vor. »Und nur die wirklich Mutigen ertragen es, ihre Geschichte für immer wie eine Maske aus Ruß und Tinte zur Schau zu stellen.«

»Auch das will ich verstehen lernen.«

»Wie lange willst du bleiben?« Spott lag in den Worten des Alten.

»Bis Ende des Monats oder später – das hängt ganz davon ab, was ich sehe und fühle und wie lange ich bleiben darf. Geld spielt keine Rolle.«

Es dauerte eine Weile, bis Hokioi nickte. »Also gut – wir werden sehen, wie es funktioniert und vor allem, ob du wirklich so gut bist, wie die Zeitungen berichten. Du darfst Taonga und mir ab morgen bei unserer Arbeit zuschauen.«

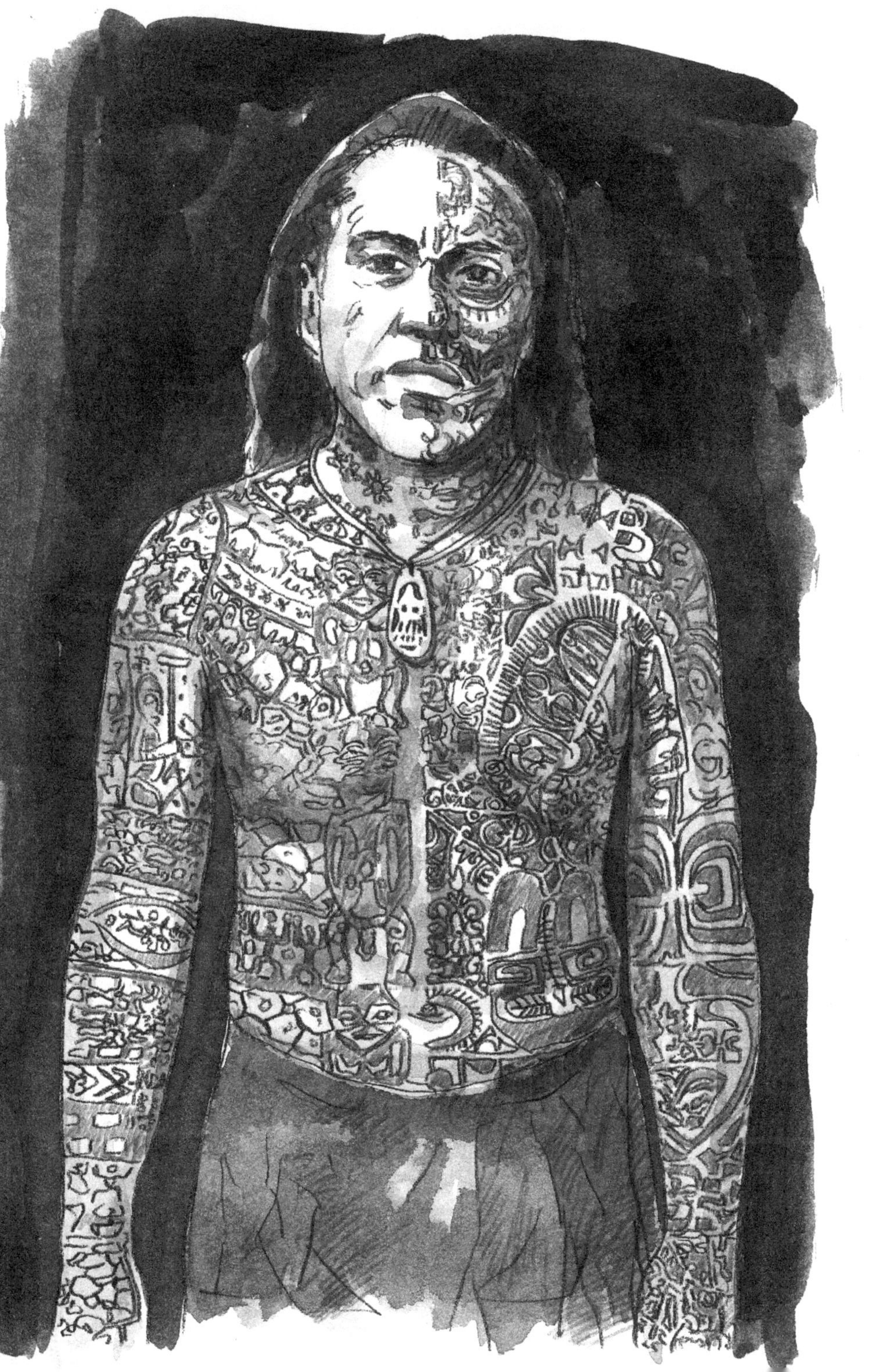

Dieses Gespräch war nun fast drei Wochen her. Seither hatte Carla unzähligen Tätowierungen beiwohnen können. Dabei wurde immer zwischen Maori und Nicht-Maori unterschieden. Touristen erhielten ein *kirituhi*, ein Muster, das den echten, alten Symbolen nur ähnelte. Dabei wurden Tattoomaschinen mit Nadeln eingesetzt, wie man sie auch in Europa benutzte.

Für Maoris setzten der Meister und Taonga, sein Schüler, vorrangig traditionelle Werkzeuge ein. Den *paatuketuke* (einen kleinen Holzhammer) und den *uhi* (einen Meißel) mit deren Hilfe die Haut eingeritzt wurde. Erst dann kam der *uhi matarau* zum Einsatz – ein kammartiges Werkzeug, das in den Ruß von verbranntem Kauri-Harz getaucht wurde und mit dem man anschließend die Farbe in die Hautritzungen schob. Alles in allem sicher eine überaus schmerzhafte Prozedur, aber Carla hatte selten jemanden dabei jammern hören.

Es hatten sich deutlich mehr Männer als Frauen tätowieren lassen. So unterschiedlich die Muster auch waren, die Farbe war immer nur schwarz gewesen. Zwar hatte sie mehr als einmal gesehen, wie etwas in einer Schale zusammenrührt wurde, aber es waren nie andere Farbtöne dabei herausgekommen. Natürlich hatte sie den Meister darauf angesprochen. Der hatte bloß mit den Schultern gezuckt und etwas von Rezepten in alten Schriften gesagt, die nur bei den Maoris bleiben durften. Natürlich hatten die Äußerungen sofort Carlas Neugier geweckt. Sie hatte von ihren eigenen Experimenten mit Parfümölen und Pheromonen berichtet. Aber ihr Gastgeber blieb einsilbig, meinte sogar, dass dieses Wissen niemals Maoriland verlassen durfte. Also hatte sich Carla in unbeobachteten Momenten im Atelier auf die Suche nach diesem geheimnisvollen Wissen gemacht. In einem Wandschrank fand sie einige besonders alt und abgegriffen aussehende Papierseiten. Weil sie die Worte darauf nicht verstehen konnte, hatte sie mit ihrem Handy rasch Fotos davon gemacht. Nachts hatte sie ein passendes Übersetzungsprogramm auf ihrem Smartphone gesucht. Bei einigen Worten hatte das auch funktioniert. So wusste sie, dass es um das Harz von Kauri-Bäumen ging, von Fett, von Pflanzen, von Mischungen und deren Zubereitung – aber auch von Giften und Warnungen wurde berichtet. Sie würde daheim schon jemanden auftreiben, der den Zusammenhang der Worte finden würde. Alles in allem war sie mit ihrem Besuch bei dem *Ta-Moko*-Maori und seinem Schüler mehr als zufrieden. Sie hatte sich keinen Moment gelangweilt und jeden Tag fühlte sie den Wunsch in sich wachsen, selbst wieder zu tätowieren. Jetzt war sie sogar froh, dass ihr Rückflug schon am kommenden Samstag sein würde.

Also hatte sie Hokioi montags über ihre bevorstehende Abreise informiert. Der hatte bloß genickt und gefragt, ob die blasse Frau aus Europa denn jetzt den Wunsch verspüren würde, sich tätowieren zu lassen.

»Es wäre mir eine Ehre«, hatte Carla geantwortet und es dem Meister überlassen, die Symbole für sie auszusuchen. Hokioi hatte genickt und sie lang angeschaut.

»Auch wenn ich fühle, dass etwas von einer Maori in dir steckt«, hatte er gesagt »bleibst du eine *pakeha*, eine Frau aus Europa. Wenn du einverstanden bist, bekommst du eine schmale Tätowierung auf deinen Rücken – vom Hals bis zur Hüfte. Die Symbole und der Verlauf stehen für Licht und Dunkelheit, für Lust und Schlaf. Und weil du selbst eine Meisterin bist, würden Taonga und ich dir die Symbole gern nach traditioneller Art in die Haut meißeln.

Fast den ganzen Mittwoch lang hatten Hokioi und sein Schüler an dem Bild gearbeitet. Zwischen der Vorbereitung der Farbe und dem letzten Schlag mit dem Holz-Hämmerchen hatten mehr als zwölf Stunden gelegen. Jetzt waren alle erschöpft und anstelle eines letzten gemeinsamen Abendessens hatten sie sich bloß die Nasen aneinander reibend verabschiedet. Dass Carla in den beiden darauffolgenden Nächten kaum schlafen konnte, lag sicher an den Schmerzen, die ihr ihre geschwollene Haut bereitete.

»Du musst dich ablenken«, hatte ihr Hokioi geraten. »Gehe so oft es geht kalt duschen und schau dir dazwischen die Gegend an – das Museumsdorf, die Blasen werfenden Schlammlöcher und den Pohutu-Geysir. Für alles andere wirst du ohnehin kein Interesse haben.« Natürlich hatte der alte Mann recht behalten.

Selbst Freitagabend war Carlas Haut noch arg geschwollen. Bevor sie am nächsten Morgen Richtung Auckland aufbrach, hielt sie noch einmal kurz am Haus des Maori-Meisters. Der war gerade damit beschäftigt, einer hellhäutigen Frau den Oberarm zu tätowieren. Als er Carla sah, legte er sein Werkzeug beiseite.

»Die Bilder haben dich sicher auch heute Nacht um den Schlaf gebracht, aber damit wird es bald vorbei sein«, sagte er. »Zeig mir, was mein *uhi* und der Ruß mit deiner Haut angestellt haben.«

Carla Steiger zog ihr T-Shirt aus.

»Spätestens wenn du wieder gelandet bist, hast du das vergessen«, sagte der Maori und berührte die Frau an der Schulter.

Carla würde das alles hier vermissen – aber noch mehr freute sie sich auf ihr Atelier und die neuen Experimente, die dort auf sie warteten. Der Maori-Meister hatte eine Tür in ihrem Kopf auf-

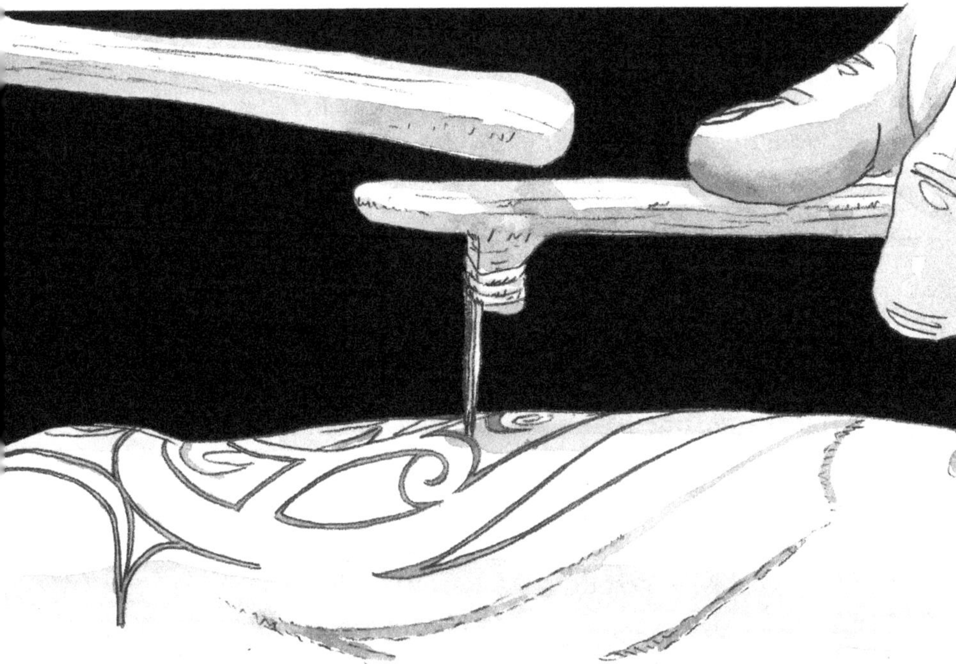

geschoben – die Kombination alter und neuer Tätowiergeräte. Anstelle herkömmlicher Nadeln würde Amedeo Nägel ausprobieren. Diese drangen sicher holpriger und schmerzhafter in die tieferen Hautschichten ein, aber dafür würde über deren raue Oberfläche auch die Farbe anders verteilt werden. Sie musste die Nägel nur in ihre Tätowiermaschine eingebaut bekommen. Und dann waren da ja noch diese abfotografierten Aufzeichnungen. Sie würde sich Zeit damit lassen, die Geheimnisse des *moko* Stück für Stück zu erschließen. Sie war ein Gast gewesen, eine Nicht-Maori, und der Meister und sein Schüler hatten sie auch so behandelt. Sie hatte nur zuschauen dürfen. Was der junge Taonga da in den Tiegeln zusammengemischt hatte, das hatten sie ihr nie erzählt. Also würde sie es selbst herausfinden müssen. Schon die Rätsel um diese Mixturen und Rezepte waren die Reise wert gewesen.

Carla Steiger fuhr in einem Taxi zum Flughafen in Auckland. Als der Fahrer ihren Koffer aus dem Auto hievte, fragte sie der Mann höflich, um wie viel Uhr ihr Flug starten würde. Sein harter Akzent passte so gar nicht zu dessen weichen Gesichtszügen. Carla überlegte einen Moment und zog dann ihr Flugticket aus der Jackentasche.

»18:30 Uhr«, las sie von dem Papierstreifen ab.

»Dann haben Sie ja noch Zeit. Setzen Sie sich in die Bar oder essen Sie noch was Vernünftiges, bevor Sie an Bord gehen.«

Carla nickte dem Mann zu und betrat das Flughafengebäude. Die Loungebar war jetzt genau das Richtige. Sie bestellte sich einen Wodka Orange und begann damit sich die Bilder in ihrem Mobiltelefon anzuschauen. In ihren Ohren meinte sie das Rauschen des Pazifiks zu hören. Wie gut sie sich jetzt fühlte. Selbst die Tätowierungen schmerzten nicht mehr, sie juckten nur noch.

Sie holte Smartphone, Stift und Notizblock aus ihrer Tasche, legte sie vor sich auf den kleinen Tisch und notierte sich alle Worte, die sie auf den Fotos der alten Dokumente entziffern konnte. *Moemoea* und *wareware.* Sie wollte eben wieder den Google-Übersetzer aufrufen, als sich ein rothaariger Mann in den gegenüberliegenden Sessel setzte.

»Das ist ja eine Überraschung«, sagte er, während er sein Handgepäck neben sich auf dem Boden abstellte. »Hätte nicht erwartet, dass wir uns noch einmal wiedersehen. Ich wollte eigentlich schon letzte Woche wieder zurückfliegen, aber die Inseln haben es mir angetan.«

Carla musterte den Mann mit zusammengekniffenen Augen.

»Wie lange waren Sie denn hier?«

Jetzt war es der Rothaarige, der die Augen zusammenkniff. »Na, genauso lang wie Sie selbst.«

Carla zuckte mit den Schultern. Der Mann war irgendwie komisch und sie hatte keine Lust auf Smalltalk. Sie hatte etwas zu erledigen, wollte weiter an diesen Übersetzungen arbeiten. Also stand sie auf, kramte ihre Sachen zusammen und nickte dem rothaarigen Mann kurz zu.

Sie bezahlte ihren Longdrink am Bartresen und hatte die Lounge schon wieder verlassen, als der Mann plötzlich neben ihr auftauchte.

»Sie haben Ihr Gepäck stehen lassen«, sagte er, einen großen schwarzen Trolley und einen kleinen Rucksack neben Carla abstellend. »Wir sehen uns dann nachher in der Maschine. Haben Sie eigentlich schon Ihre Sitznummer? Vielleicht habe ich Glück und der Platz neben Ihnen ist noch frei. Ich würde mich nämlich gern wieder neben Sie setzen. Sie haben mich damals nach der Landung in Auckland ganz schön nachdenklich gemacht. Ich hätte da noch jede Menge Fragen und ...«

Die letzten Worte hörte Carla Steiger nur noch als Gemurmel. Sie war einfach losgegangen, hatte den Mann stehen lassen und sich nicht weiter um ihn gekümmert. Es gab Wichtigeres zu tun. Sie war Amedeo, die beste Tätowiererin, die es vielleicht jemals gegeben hatte. Das war sie zwar auch schon vor dieser Reise gewesen. Sie musste nur diese alten Maori-Worte und Texte entziffern – dann würde sie es bis ans Ende der Tage sein.

Die Frau am Flugschalter lächelte, als Carla jetzt vor ihr auftauchte.

»Wünschen Sie einen Fensterplatz oder einen am Gang?«

Die Sommersprossen in ihrem Gesicht retuschierten ihr Alter.

»Egal.«

»Okay. Und Ihr Gepäck?«

Für einen Moment runzelte sie die Stirn.

»Ich habe keines.«

»Dann haben Sie es sicher schon vorher losgeschickt«, sagte sie, während Carla darüber nachdachte.

»Ist auch viel bequemer so. Ich sage immer: mit kleinem Gepäck hin und am besten mit ebensolchem zurück. Die wichtigen Dinge sind doch die Erinnerungen und die brauchen nicht einmal eine Handtasche. Ich wünsche Ihnen einen guten Flug und eine sanfte Landung.«

Eine Stunde später wurde Carlas Flug zum ersten Mal über den Lautsprecher in der Wartehalle aufgerufen. Sie war eingeschlafen und so dauerte es bis zur letzten Durchsage, bis sie sich endlich aufrappelte.

An Bord der 777 hatten schon fast alle Passagiere ihre Plätze eingenommen. Carla ließ sich in ihren Sitz fallen und träumte mit offenen Augen vor sich hin.

Ihre Platznachbarin, eine ältere Frau, drehte sich zu ihr um und lächelte sie an.

»Hallo. Ich bin Elisabeth. Wir werden wohl einen ganzen Tag lang nebeneinandersitzen.«

Carla Steiger versuchte ebenfalls zu lächeln.

»Ich bin...« Sie schüttelte den Kopf. »Ame...deus«, antwortete sie und wunderte sich im gleichen Moment über den Klang ihrer Stimme. War das wirklich ihr Name? Während die Frau mit der grauen Kurzhaarfrisur eine Illustrierte aufschlug, meldete sich der Kapitän über die Bordlautsprecher.

»Mein Name ist Wolfgang Petersen und ich begrüße Sie im Namen von Air New Zealand, meines Co-Piloten und meiner Crew an Bord Ihres Direktflugs nach London.«

Weiter hörte Carla nicht mehr zu. Sie hatte ihr Handy in der Hand, wollte wohl irgendetwas damit erledigen. Wahrscheinlich vor dem Start noch rasch jemanden anrufen, aber wer sollte das sein? Sie kannte hier niemanden. In ihrem Kopf begann es zu hämmern, während die Haut unter dem Hemd wieder zu jucken begann. Zusammen mit dem Handy hielt sie einen kleinen Notizblock fest. Sie versuchte die Worte darauf zu entziffern: *Kava-kava*, Rauschpfeffer, und *katipo,* nächtlicher Beißer, *onga-onga* und *tutu.*

Jemand hatte ‚giftige Pflanzen' und ‚Spinnenart' danebengeschrieben. Für Carla Steiger waren das alles nur Worte. Sie spürte die Müdigkeit, die ihre Kopfschmerzen und den Juckreiz endlich zu überlagern schienen. Und dann war da noch diese Stimme in ihrem Kopf, eine alte Stimme, die »Spätestens wenn du wieder gelandet bist, wirst du alles vergessen haben«, sagte.

Bevor die Flugzeugturbinen gestartet wurden, schoss Carla ein letzter klarer Gedanke durch den Kopf:
Hoffentlich hatten Hokioi und Taonga bei der Mischung der ganz speziellen Asche, die sie für ihr Tattoo verwendet hatten, die richtige Dosierung an Gift und Rauschmitteln gefunden – eine Mischung, die sie wieder aufwachen lassen würde.

Sie schlief bereits tief und fest, als die Reifen der Boeing den Kontakt zur Startbahn verloren. Während unter dem Flugzeug *Aotearoa*, das Land der langen weißen Wolke, wie die Maoris die Inseln bezeichneten, immer kleiner wurde, vernebelte eine andere Wolke mehr und mehr Carlas Verstand.

FRAGEN & ANTWORTEN

Thema: Neuseeland

Frage:

Nein, hier ist niemand mit dem Gesicht auf der Tastatur eingeschlafen. Aber um was handelt es sich denn dann bei dem neuseeländischen Wort »Taumatawhakatangihangakoauauotamateaturipukakapikimaungahoronu-kupokaiwhenuakitanatahu«?

☐ Um den Namen einer Stadt.
☐ Um eine Begrüßung bei *Māori*.
☐ Um den Titel eines neuseeländischen Geistlichen.

Antwort:

Um den Namen einer Stadt.

Tatsächlich ist dieser Name der weltweit längste noch im Gebrauch befindliche Städtename, den es gibt. Übersetzt bedeutet er: »Der Ort, an dem Tamatea, der Mann mit den großen Knien, der den Berg hinabrutschte, empor kletterte und verschluckte, bekannt als der Landfresser, seine Flöte für seine Geliebte spielte«.

Frage:

Neben vielen Fischen im Meer sieht man in Neuseeland vor allem eine Tierart: Schafe. Was schätzen Sie: Wie viele Schafe kommen auf 1.000 Einwohner?

☐ Rund 2.200
☐ Rund 5.100
☐ Rund 10.400

Antwort:

Rund 10.400

Damit belegt Neuseeland noch vor Australien mit rund 5.500 Schafen je 1.000 Einwohnern den ersten Platz!

Frage:

Für diejenigen, die Bücher lieben, gibt es in Neuseeland ebenfalls eine Besonderheit. Um welche handelt es sich?

- ☐ Dort leben weltweit die meisten Autoren proportional zur Einwohnerzahl.
- ☐ Dort gibt es weltweit die meisten Buchläden proportional zur Einwohnerzahl.
- ☐ Dort gibt es weltweit die meisten Lesungen proportional zur Einwohnerzahl.

Antwort:

Dort gibt es weltweit die meisten Buchläden proportional zur Einwohnerzahl.

In Neuseeland gibt es pro 7.500 Einwohnern einen Buchladen. Damit herrscht dort die größte Buchladendichte der Welt. In Deutschland gibt es beispielsweise einen Buchladen auf rund 13.400 Einwohner.

Frage:

In Deutschland ist sie inzwischen im Obstsortiment der Supermärkte zum festen Bestandteil geworden: die Kiwi. Äußert man in Neuseeland aber den Wunsch »I want to eat a kiwi!«, erntet man unter Umständen sehr verdutzte Gesichtsausdrücke. Woran liegt das?

☐ Weil man dort diese Frucht nicht kennt.
☐ Weil man darunter auch einen Einwohner oder eine Vogelart versteht.
☐ Weil der Begriff in Neuseeland ein Schimpfwort ist.

Antwort:

Weil man darunter auch einen Einwohner oder eine Vogelart versteht.

Zum einen ist »Kiwi« in Neuseeland eine kleine Vogelart, die zwar nicht fliegen, dafür aber umso schneller laufen kann. Weil die Tiere so selten und nachtaktiv sind, haben ihn sogar viele Neuseeländer noch nicht in freier Wildbahn gesehen. Die werden dort übrigens auch »Kiwi« genannt. Dieser Spitzname entstand während des 1. Weltkriegs, als die neuseeländischen Soldaten ihre Stiefel mit einer bestimmten Schuhcreme pflegten. Das Logo dieser Marke zeigte einen Kiwi-Vogel. Als kleinen Tipp raten wir Ihnen also, dort lieber »I want to eat a kiwi-fruit!« zu sagen.

Tausche Blau gegen Blau

»Was bist du nur für ein Trottel«, murmelte Amelie und tauchte bis zum Hals in das 40 Grad warme Wasser der Blauen Lagune ein.

»Stimmt.«

Amelie zuckte zusammen, bevor sie sich in Richtung der Stimme umdrehte. Die Frau, die keine drei Meter hinter ihr im Wasser stand, schmunzelte. Ihr sympathisches Gesicht war nicht mehr ganz jung, aber etwas darin war jung geblieben.

»Sorry – das ist mir einfach so rausgerutscht«, flüsterte Amelie und wäre am liebsten untergetaucht.

»Wieso sorry? – Das waren doch weise Worte. Es heißt doch, der Trottel – und was sind Männer anderes als das.« Die Frau kam etwas näher. »Ich heiße Britta und du hast mir aus der Seele gesprochen. Nur brauchte ich länger als du, um dahinterzukommen. Aber besser später als gar nicht.«

Amelie seufzte. Sie hatte extra ein spätes Ticket für die Attraktion am zweiten Tag ihrer Islandreise gebucht und gehofft, dass das ‚Schönste Badeerlebnis der Insel' an einem Montagnachmittag vielleicht nicht ganz so viele Besucher haben würde.

»Das klingt ganz schön nüchtern«, sagte sie, die Frau taxierend. »Nur jünger zu sein, ist nicht wirklich ein Vorteil. Wenigstens fühlt es sich im Moment nicht danach an.«

»Ist es so schlimm?«

»Noch schlimmer. So schlimm, dass ich Selbstgespräche führe und es ist, als wenn ich den ganzen Tag über eine Sonnenbrille aufhätte. Selbst das Wasser kann gar nicht warm genug sein, um die Kälte aus meinem Körper zu vertreiben.«

»Dann muss er es wert gewesen sein.«

»Wahrscheinlich ist deshalb alles komplizierter als sonst.«

»So kompliziert, dass du hier heulend stehen würdest, bis sie uns rauswerfen, oder so, dass du dir alles von der Seele reden kannst und wir den Herrn anschließend an Ort und Stelle ersäufen? Das ist der perfekte Platz um einen Trottel, auch einen der es wert ist, abzuservieren«, sagte die Frau und ihre Hände schienen das Wasser um sie herum zu streicheln.

»Ich habe mich dieses Mal zuerst mit dem Kopf verliebt – ich weiß nicht, wie ich das anders ausdrücken soll. Nach zwei furchtbaren Beziehungen dachte ich, dass ich dieses Mal alles richtig machen müsste. Ich werde bald dreißig und da sucht man keinen Lover mehr, sondern fängt damit an, sich nach einem Partner umzusehen und eine Familie zu planen. Dieser ganze Kram.«

»Und das ging gründlich daneben.«

Amelie schüttelte den Kopf.

»Anfänglich war alles perfekt. Ich habe erst analysiert, warum die letzten Beziehungen nicht funktionierten, und dann den Richtigen gesucht. Er musste deutlich älter und zuverlässig sein und sollte mehr wissen und können als ich.«

»Klingt nach dem Wunschzettel in einer Partnerbörse.«

»War es nicht. Der Typ war die ganze Zeit über in meiner Nähe. Wir haben in der gleichen Firma gearbeitet und irgendwann hat es gefunkt.«

»Wie viel älter ist dieser Mensch?«

»Zu alt. Das weiß ich jetzt. Aber vor einem Jahr dachte ich, alles wäre perfekt.«

»Und was ist passiert?«

Amelie schöpfte sich mit den Händen warmes Wasser ins Gesicht.

»Schmeckt salzig.«

»Das ist Meerwasser – was erwartest du.«

»Nicht nur. Im Internet stand etwas von einer Mischung aus Süß- und Salzwasser. Und so war es auch mit Christian. Bis alles irgendwann kippte. Zuerst waren es nur Kleinigkeiten, die zu Problemen wurden. Wie meine vielen WhatsApp-Kontakte. Es hat ihn einfach genervt, dass ich so häufig mit meinem Smartphone beschäftig war. Dabei habe ich damit gearbeitet, brauchte es sogar für meinen Job. So ein Ding ist halt ein Computer, mit dem man auch telefonieren kann. Natürlich wusste er das alles, aber für Ihn rochen die Zimmer in unserer Wohnung auf einmal nur noch nach elektrostatischer Aufladung.«

»Dann hätte ihm die klare Luft hier über der Lagune sicher gefallen«, sagte die Frau und atmete tief ein. »Ich fliege jedes Jahr mindestens einmal nach Island. Anfänglich wegen der Landschaft und mittlerweile wegen der Menschen.«

»Von denen habe ich noch nicht so viel mitbekommen. Bin erst gestern Mittag auf Keflavik gelandet. Die Isländer scheinen jedenfalls Humor zu haben. Ich wollte abends noch etwas von Reykjavik sehen und als ich die Frau an der Hotel-Rezeption nach einem Regenschirm fragte, hat sie bloß gelacht. An den Regenschirmen würde man die Touristen erkennen. Ich sollte mir lieber die Anorak-Kapuze über den Kopf ziehen, denn hier würde einem der Wind den Regen aus allen Richtungen ins Gesicht wehen.«

»Stimmt beides – das mit dem Humor und das mit dem Regen. Was sagt dein Christian zu der Insel und wo ist er überhaupt? Sitzt er etwa im Hotelfoyer und liest ganz klassisch eine Zeitung aus Papier?«

Zum ersten Mal an diesem Tag huschte ein Lächeln über Amelies Gesicht.

»Der ist Tausende Kilometer weit weg. Deshalb ist er ja ein Trottel – eben einer, der mir die Seele herausgerissen hat. Ich hoffe bloß, dass sein altes Herz demnächst stehen bleibt.«

»Das ist mal ein konkreter Wunsch.« Die Frau lachte auf. »Wie alt ist der Gute?«

»24 Jahre älter als ich. Ich weiß, ich weiß – das klingt nach Vaterkomplex, aber so war das nicht. Wir waren wirklich verliebt und alles war wundervoll.«

Die Frau in den Fünfzigern schüttelte den Kopf.

»Sicher nur so lange, bis er die Blicke, die euch begleitet hätten, nicht mehr hätte ignorieren können. Das mit euch wäre bestenfalls zehn Jahre gut gegangen – dann wäre es schmutzig geworden.«

Amelie schluckte.

»Aber die zehn Jahre wären es vielleicht wert gewesen.«

»Dann musst du ihn wirklich geliebt haben. Wie schade, dass du nicht auf ältere Frauen stehst. Was hat sich dieses junggebliebene Prachtexemplar von einem Mann denn geleistet, dass du ihm den Tod an den Hals wünschst? Hat er so etwas Phantasieloses getan, wie dich mit deiner besten Freundin zu betrügen? Oder ist er zurück zu seiner Frau gegangen?«

»Er war geschieden. Dieses Klischee haben wir ausgelassen. Aber Christian hat mit mir Schluss gemacht. – Und stell dir vor: per SMS!« Da war sie wieder, die bittere Ironie, nur nahm sie Amelie dieses Mal nicht ihre Stimme. »Dieser Technikverweigerer, der als einziger Abteilungsleiter in der Firma keine E-Mail selbst schreibt und nicht einmal ein Smartphone benutzt, serviert mich mit einer lächerlichen SMS ab. Ein Jahr waren wir zusammen und ich bin diesem Menschen nicht einmal ein Abschiedsessen beim Italiener wert.«

»Und warum hat er eure Beziehung beendet?«

Wieder schüttete sich Amelie Wasser über ihren Kopf, als wäre es flüssige Asche.

»Eigentlich ist daran die Blaue Lagune schuld«, sagte sie nach einer Weile. »Oder meine Enttäuschung, dass dieser Mann mir damals wieder einmal nicht richtig zugehört hatte. Ich habe ihm immer von einem Besuch der Blauen Lagune vorgeschwärmt. Diese Reise sollte dann mein Geburtstagsgeschenk sein, aber Christian hat Island mit Capri verwechselt. Blaue Grotte und Blaue Lagune klingen ja auch sowas von ähnlich. Jedenfalls habe ich mich maßlos aufgeregt und er hat am nächsten Morgen seinen Koffer gepackt. Anstelle eines Abschiedsbriefes lag das Capri-Ticket auf dem Tisch und abends kam dann die SMS, mit der er alles beendet hat.«

Der Himmel über der Lagune färbte sich langsam rot.

»Und seither geht ihr euch aus dem Weg? Arbeitet ihr nicht beide in der gleichen Firma?«

»Und ob wir das tun – aber er ist der bessere Schauspieler. Was meinst du, wie froh ich war, letzten Freitag meinen PC im Büro herunterfahren zu können? Ich habe jetzt eine Woche lang Zeit die Insel und die Isländer kennenzulernen.«

»Und Selbstgespräche zu führen. Ich weiß ja nicht, was du vorhast, aber die Insel ist so etwas wie meine zweite Heimat geworden. Ich zeige dir gern die Magie der Landschaft abseits der Touristenrouten.«

Die beiden Frauen schauten sich eine Weile an.

»Wenn ich weiter meine Selbstgespräche führen darf und es dich nicht stört, dass ich Christian gedanklich in jeden Vulkan stoßen werde, bin ich dabei.«

Die Frau nickte.

»Und dann warten da noch der *Strokkur*-Geysir, der *Dettifoss*-Wasserfall und das schwarze Obsidianlavafeld von *Laugahraun* auf Christian. Wo ist er übrigens diese Woche?«

»Auf Capri – diese langweilige Grotte besichtigen, nehme ich wenigstens an. Er hat sich ‚unsere' Reise richtig was kosten lassen. Die Frau im Reisebüro konnte sich noch gut an ihn erinnern, als ich dort war um das Ticket umzutauschen. Er scheint mächtig Eindruck auf die Dame gemacht zu haben. Jedenfalls kam mir das so vor. Herr Vossekuhl macht schon was her. Er geht regelmäßig ins Fitnessstudio, hat volles Haar und seinen Porscheschlüssel legt er bei jeder Gelegenheit wie eine Visitenkarte vor sich ab. Mir war die Frau im Reisebüro auf Anhieb unsympathisch. Falsche Wimpern, falsche Brüste und falsches Wesen. Ich wollte nur schnell alles geregelt haben – und stattdessen hat sie mir dabei ihr halbes Leben erzählt. Dass sie schon zweimal verheiratet gewesen wäre und beide Männer bei tragischen Unfällen ums Leben gekommen seien. Eine *Femme fatale*, wie die Franzosen sagen.«

»Oder *Schwarze Witwe* «, ergänzte Britta.

»Anfänglich sah es so aus, als wenn eine Umbuchung ganz schön teuer würde«, fuhr Amelie fort. »Aber dann hatte die Frau plötzlich eine Idee. Man konnte es sehen und spüren, wie sie ein Gedanke beschäftigte, kurz bevor sie mir den Vorschlag machte, Blau gegen Blau zu tauschen. Sie hat für mich quasi für den gleichen Zeitraum eine neue Reise nach Island gebucht und bezahlt – und sie selbst hat meine Reise übernommen. Sie wollte das alles intern regeln. Ich war damit einverstanden, auch wenn die Luxus-Capri-Woche um einiges teurer gewesen war.«

»Armer Christian«, erwiderte die Frau, aber ihre Augen sagten das Gegenteil. »Dann werden sich die beiden wohl schon kennengelernt haben und das Netz dürfte schon gesponnen sein.« Amelie streckte die Beine aus und ließ sich wie in einer Badewanne treiben. Auch sie begann zu lächeln. Mal sehen, was in den nächsten Tagen noch so alles passieren würde – hier und sonst wo ...

FRAGEN & ANTWORTEN:
Thema Island

Frage:
Während es von April bis August in Island fast nie wirklich dunkel wird, sind die Tage im Winter nur ganz kurz. Während der Wintersonnenwende am 21. oder 22. Dezember geht die Sonne beispielsweise erst um 11:23 Uhr auf und um 15:23 Uhr schon wieder unter. Aber gibt die viele Dunkelheit Grund sich zu fürchten?

- ☐ Nein, denn nirgends ist es so friedlich wie in Island.
- ☐ Ja, die Dunkelheit im Winter lockt viele Kriminelle in das Land.
- ☐ Nur, wenn man abergläubisch ist.

Antwort:
Nein, denn nirgends ist es so friedlich wie in Island.
Das wurde anhand einer Untersuchung von 24 Kriterien, zu denen die Anzahl der Morde oder Terrorgefahr, politische Instabilität oder Level der Gewaltverbrechen gehören, herausgefunden. Laut dem sogenannten Global Peace Index liegt Island demnach schon seit Jahren auf Platz 1 – nur 2010 wurde ihm der Rang von Neuseeland streitig gemacht.

Frage:
Wenn man doch einmal die Hilfe der Polizei braucht, gibt es auf der Suche nach der richtigen Nummer eine Besonderheit zu beachten. Um welche handelt es sich, wenn man ein isländisches Telefonbuch aufschlägt?

- ☐ Die Einträge sind nach Adressen sortiert.
- ☐ In den Einträgen finden man nur Handynummern.
- ☐ Die Einträge sind nach Vornamen sortiert.

Antwort:
Die Einträge sind nach Vornamen sortiert.
Das hängt damit zusammen, dass es in Island keine klassischen Nachnamen, so wie wir sie kennen, gibt. Dieser setzt sich stattdessen aus dem Namen des Vaters zusammen, dem man »-son« bei einem Sohn oder »–dóttir« bei einer Tochter anhängt. Ein Beispiel: Unsere Quiz-Redakteurin heißt Valerie Noack und ihr Vater Norbert. In Island würde ihr Name dann Valerie Norbertsdóttir lauten.

Frage:

Jedes Land hat seine eigenen ganz besonderen Tage im Jahr, an denen gefeiert wird. Welcher spezielle Termin ist in Island am 1. März?

☐ Tag des Bieres.
☐ Tag der Gletscher.
☐ Tag der Fische.

Antwort:

Tag des Bieres.

Seit 1915 war es in Island verboten, Bier mit mehr als 2,25 % Alkohol zu trinken. Erst 74 Jahre später, am 1. März 1989, endete diese Prohibition. – Dass das ein Grund zum Feiern ist, ist absolut nachvollziehbar. Prost!

Frage:
Zu einem kühlen Bier passt auch ein leckerer Burger. Wo findet man in Island McDonald's oder Burger King?

- ☐ Nur in Reykjavik.
- ☐ Nirgends.
- ☐ Am Flughafen.

Antwort:
Nirgends.
Wer ein Fan von Fast Food ist, hat es in Island wirklich schwer. Seit 2009 haben sich die beiden Ketten nämlich aus ökonomischen Gründen aus dem Land zurückgezogen. Damit gehört Island zusammen mit Albanien und Armenien übrigens zu den wenigen Ländern auf dieser Welt, in denen es keine McDonald's-Filiale gibt.

Frage:

Als Alternative zu Fast Food gibt es in Island dafür jede Menge andere Spezialitäten – die aber trotzdem nichts für leichte Gemüter sind. Um was handelt es sich beispielsweise bei dem Gericht »Svið«?

- ☐ Pinguin-Eier.
- ☐ Eisbär-Steak.
- ☐ Schafsköpfe.

Antwort:

Schafsköpfe.

Bei diesem isländischen Nationalgericht wird der Schafskopf, den man übrigens in den Supermärkten dort im Tiefkühlschrank findet, 1 bis 1,5 Stunden im Salzwasser gegart und mit gekochten Rüben und Kartoffeln serviert. Guten Appetit!

WELCOME
ON BOARD

Tropenfieber 1928

Es war Nacht – stille, schwarze, tiefe Nacht. Da lag ich nun in einem schweißnassen Bett, zwei Millionen Kilometer von zu Hause entfernt, lag mit offenen Augen in der Dunkelheit und fragte mich, wie es nur zu alldem hatte kommen können. Irgendwann war dieses verteufelte Reklameheft auf meinem Schreibtisch gelandet. Die Fotografien darin hatten mich auf Anhieb fasziniert – Bilder von Ozeanriesen, von vollen Cocktailgläsern, leeren Stränden und windschiefen Palmen. Bronzefarbene Frauen mit Opium-Lippen posierten darauf ebenso wie kleinwüchsige Eingeborene, die wie exotische Puppen auf ihren Einbäumen saßen.

DER AMAZONAS – DAS GRÜNFEUCHTE ABENTEUER

Irgendwie schienen der Text und die Bilder zwei schlafende Raubkatzen in mir geweckt zu haben: das Fernweh und die Abenteuerlust. Zuerst war da also diese Reklame gewesen – und nach drei schlaflosen Nächten und ebenso vielen Gesprächen mit dem Chefredakteur packte ich meinen Überseekoffer, fuhr nach Bremerhaven und kaufte mir ein Billet für die Schiffspassage ins Unbekannte.

Als Reporter der Berlin Gazette war es normal, dass sich mein Leben vor ständig wechselnden Kulissen abspielte. »Büroluft tötet Kreativität«. Diese gedruckten drei Worte standen wie ein Namensschild auf meinem Redaktionsschreibtisch. Direkt daneben eine Fotografie von Josephine Baker im Bananenröckchen. Viel nackte Haut für ein staubiges Büro. Außer neuen Tonfilmen und ein paar Attentaten hatte dieses Jahr kaum richtige Schlagzeilen fabriziert. Zumindest keine für die jungen und lebenshungrigen Leser, für die das Leben nach dem Ende des

Kaiserreichs gar nicht grell, bunt und laut genug sein konnte. Wie hieß der neueste Tanz? Wo spielten sie die heißeste Musik? Wo trugen die Damen die kürzesten Röcke? Das waren die Schlagzeilen, die meine Generation interessierten – und ich lieferte die Antworten.

Wie viele Wochen war das her? Jetzt jedenfalls schwieg der Journalist in mir. In diesem Zimmer, auf einer klebrigen, mit Bananenblättern gepolsterten Matratze, lag ein völlig anderer Mensch. Anstatt sinnlos dem letzten Trend hinterherzujagen, versuchte ich nun, mich auf das Wesentliche zu konzentrieren. Doch was war überhaupt noch wichtig? Wenn nur dieser verdammte Prospekt nicht gewesen wäre!

DIE WELT IST EINE SCHEIBE –
ENTDECKEN SIE DIE ANDERE SEITE!
In dieser einzigartigen, surrealistischen Landschaft verschmelzen Illusion und Realität nahtlos miteinander.

WO PIRANHAS KAIMANE FRESSEN
UNBERÜHRTE NATUR ERLEBEN –
ABENTEUER AMAZONAS!

Bis zu meiner Abreise war ich als einer von vier Nachwuchsreportern im Berliner Großstadtdschungel unterwegs gewesen. Ich hatte Dutzende Artikel für Seite zwölf bis vierzehn der Gazette geschrieben (etliche mehr für den Papierkorb), hatte eine in derselben Redaktion beschäftigte Sekretärin geheiratet und seit gut einem Jahr ein Verhältnis mit einer Nachtclub-Garderobiere. Alles an mir und um mich herum war mittelmäßig. Überdurchschnittlich waren nur meine Abenteuerlust, die Leere in meinem

Herzen und meine Eifersucht. Letztere war mir mittlerweile so vertraut geworden wie der morgendliche Kater und mein Sodbrennen. Kein Wunder – bei einer Frau wie Carlotta. Selbst der halbtote, stets nach kaltem Zigarrenrauch riechende Chefredakteur war ihretwegen wieder jung geworden. Wenigstens bewegte er sich flotter, wenn es darum ging, die Jalousien in seinem Büro herunterzulassen, wenn er Carlotta etwas in den Stenoblock diktieren wollte. Ich hatte die beiden einmal dabei überrascht, wie er, entspannt die Hände hinter dem Kopf an seinem Schreibtisch sitzend, die Zimmerdecke anhimmelte, während sie unter der Schreibtischplatte kniete – mit einem atemberaubenden Hintern in einem viel zu engen Rock. Wie merkwürdig. Wenn ich jetzt – in dieser Sekunde – daran dachte, wie fad und abgestanden mein Leben, trotz der wechselnden Berliner Kulissen war, dann tat ich es ohne jeden Zorn. Als wäre ich völlig unbeteiligt, durchlebte ich in Gedanken Szenen meines Lebens noch einmal – verliebte mich wieder in die falschen Frauen, verlor mich zwischen ihren Beinen, in Cognacgläsern, im Nachtclub-Gelächter und in Zigarettenqualm.

Das fahlgelbe Licht einer einzigen Petroleumlampe mir gegenüber reichte nicht aus, um die bleischwere Dunkelheit um mich herum zu zerreißen. Ein Licht, das verhüllte, das veränderte, das blindes Blech in monströse Leinwände verwandelte. Bizarre Schatten, eine schwebende Stuhlsilhouette und die Umrisse eines dreieinhalbbeinigen Tisches zeichneten sich auf den feucht glänzenden Leinwandwänden ab.

ÜBERNACHTEN SIE EINMAL NICHT IN EINEM GRANDHOTEL:
Wir haben nur die besonderen Quartiere für Sie reserviert.

So also sahen diese für Fernwehkranke und Abenteurer reservierten Übernachtungsmöglichkeiten aus: verlassene Missionsstationen, hastig errichtete Hängematten- Camps und nun ein hurenloses Bordell am Rande einer aufgegebenen Goldwäscher-Siedlung. Genauer gesagt: eine südlich vom Rio Negro liegende, nutzlos gewordene Ansammlung vor sich hin modernder Bretterbuden.

Warum hatte ich mich nur auf diesen Wahnsinn eingelassen? Die Antwort war einfach: Weil es eine Chance gewesen war endlich einmal etwas Neues zu probieren – Erlebnis-Reportagen für eine rasch wachsende Anzahl Menschen zu schreiben: die aus purer Lebensfreude und Neugier Reisenden. Anders als Emigranten oder Geschäftsleute tourten sie allein zu ihrem Vergnügen. Auch der Chefredakteur war für meine Idee sofort Feuer und Flamme gewesen. »Weltwirtschaftskrise hin oder her – mit einer solchen Serie, noch dazu wenn sie richtig aufgemacht ist, würde man mindestens zwei Fliegen mit einer Hand fangen.« Was genau er damit meinte, sollte ich erst später verstehen.

INDIVIDUALISTEN BUCHEN ABENTEUER:
Das Ihre beginnt in Manaus, der Kautschukmetropole. In von Einheimischen geruderten Einbäumen befahren Sie den Amazonas – den Mutterschoß, wie ihn die Eingeborenen auch nennen – stromabwärts.

Der wie ein Haifisch grinsende Mann hinter dem Schreibtisch des Chefredakteurs hatte mir gleich einen Scheck ausgefüllt und sich genüsslich eine Zigarre angesteckt. Und so kam es, dass ich eines donnerstags an Bord der Columbus von Bremerhaven aus über New York Richtung Südamerika gestartet war. In meiner Tasche ein Dutzend Notizbücher, unzählige Bleistifte, ein Bündel Dollarscheine, mein Reisepass und die Zusage, dass Fortsetzungen der Reportagen mehr als wahrscheinlich seien.

Nachdem ich die ersten eineinhalb Tage an Bord des Ozeanriesen wegen meiner Seekrankheit komplett in der Kabine verbracht hatte, stand ab Samstag wieder der Reporter an der Reling des Promenadendecks. Das Leben an Bord folgte seinen eigenen Regeln, kannte nur Erste- Klasse-Passagiere und arme Schlucker mit Zweite- oder Dritte-Klasse-Innendeck-Kabinen. Mich beeindruckten weder die schicken Uniformen der Matrosen noch die lässigen Leinenanzüge der wohlhabenden Passagiere oder die geschlitzten Röcke ihrer Bubikopf-Frauen. Faszinierend waren das Meer, der Himmel – Sonne, Wind und Sterne. Tagsüber blaue Einsamkeit – windraues Streicheln auf der Haut und Salzgeschmack in der Kehle – und nachts das alles überspannende, unendliche Schwarz mit Sternen, die wie Strasspailletten auf dunklem Samt glitzerten. Oft setzte ich mich gleich nach dem Frühstück, meinen Döblin lesend, auf eine der an Deck stehenden Holzbänke. Auf der Flucht vor Gesprächen verkroch ich mich dabei manchmal auf jene Decksbereiche, die nur wenige Passagiere besuchten.

Schnell merkte ich, dass das Schiffsheck mit dem Getöse der Turbinen und dem Gurgeln der beiden Schiffsschrauben von anderen gemieden wurde. Wohltuende Monotonie ließ mich jedes Zeitgefühl und jede Erinnerung vergessen. Erst ein Zwischenfall riss mich aus meiner Lethargie. Ich hatte mir an diesem Abend nur eine Kleinigkeit zu essen in meine Kabine bringen lassen, zwei Gläser Wein getrunken und war anschließend wieder Richtung Schiffsdeck aufgebrochen. Trotz der paar hundert Glühbirnen, die jeden Bereich dort ausleuchteten, lag meine Mahagoni-Bank im Halbdunkel der Promenade. Ich war längst selbst zum Schatten geworden, als ich meinte, irgendwo aus einem der fest vertäuten Rettungsboote über mir Geräusche zu hören. Dem Raunen und Flüstern folgten zwei Körper, die fast lautlos nacheinander aus demselben Rettungsboot herauskletterten. Gestalten, die sich aus dem Schutz der Abdeckplane schälten und im Mondlicht sichtbar wurden. Ich hatte die Luft angehalten, um nicht entdeckt zu werden, und verfolgte fasziniert, was keine drei Meter entfernt geschah. Die beiden Gestalten standen sich jetzt gegenüber, während ihr Tuscheln immer lauter und unbeherrschter wurde. Wie Hafenarbeiter begannen sie zu streiten. Sehen konnte ich nur Hände und einen Teil der Gesichter. Irgendwann begannen diese Hände sich zu stoßen und wurden zu Fäusten, die mal dumpf, mal klatschend ihre Ziele fanden. Ich blieb flach atmend, wo ich war, und kam mir wie ein Voyeur in einem Nudistenclub vor. Erst als ich eine silberne Klinge wie eine zweite, kleinere Mondsichel am Himmel aufblitzen sah, schnellte ich vor. Mein trockener Fausthieb sollte eigentlich auf dem Kinn des Messerschwingers landen, traf stattdessen aber seinen Kehlkopf. Das Röcheln klang nach nahem Tod und das auf den Boden fallende Messer nach Notwehr. Bevor ich reagieren konnte, schwankte der Körper Richtung Reling. Arme ruderten durch die Luft, bevor Beine vom Metallgitter gestoppt wurden. Dann kippte der Mann vornüber, nur um im gleichen Moment beinahe geräuschlos im blauschwarzen Nichts zu verschwinden.

Wie einer plötzlichen Intuition folgend, warf die andere Schattengestalt rasch das Messer und die im Sturz zu Boden gefallene Mütze hinterher.

Im fahlen Mondlicht sah man das antrocknende Blut im Gesicht des Mannes, das wie ein Schnauzbart Nase und Mund miteinander zu verbinden schien. Mir war nicht nach reden, also nickte ich ihm nur kurz zu und wollte schnell Richtung Kabine verschwinden. Während der Wind Musik vom Tanzsaal herüberwehte, hielt mich eine Hand am Ärmel fest. Die Gestalt in ihrem viel zu großen Pullover, mit der schwarzen Wollmütze und dem zerschundenen Gesicht sah schon im Dunkeln erbärmlich aus. Was macht man mit einem blinden Passagier, dem man gerade das Leben gerettet hat, der zitternd vor einem steht und vor lauter Angst den Mund nicht aufbekommt? Meine Kabine hatte ein Waschbecken, ein Bett, einen Sessel und eine Flasche Absinth. Niemand begegnete uns unterwegs. Nachdem ich die Tür hinter uns zugeworfen hatte, führte mich mein erster Weg zum offenen Bullauge und der davor stehenden Flasche mit dem grünen Dämon darin. Der blinde Passagier war direkt Richtung Waschbecken verschwunden. Ich stand vor dem Fenster und atmete die salzige Nachtluft wie Medizin gegen Übelkeit ein. Dieses Mal waren nicht die Wellen dafür verantwortlich und das Unwohlsein verschwand schlagartig, als meine Begleitung jetzt vor mir stand. Unter dem abgewaschenen Blut und Schmutz kam ein rundes Gesicht mit vollen Lippen zum Vorschein – unter der Rollmütze kinnlanges, dunkles Haar. Anstatt etwas zu sagen, zog sich die Frau mit einer schlangenartigen Bewegung den Pullover über den Kopf und ließ gleichzeitig die Hose an ihren Beinen hinabgleiten. Das gelbe Licht der Nachttischlampe schien über ihren zierlichen Körper zu streicheln. Ein dunkles

Dreieck zwischen ihren Beinen sah wie der Kopf einer schlafenden Katze aus, die sich in ihren Schoß geschmiegt zu haben schien. Als ich sie küsste, schmeckte ihr Mund nach rostigen Nägeln und ihr Körper nach getrocknetem Schweiß. Aber das störte nicht – erregte mich bloß noch mehr. So prall ihre Brüste waren, so leer war ihr Blick. Wir taumelten Richtung Bett, ließen uns fallen und fielen gleichzeitig übereinander her. Sie hieß Claire, kam aus Rostock, hatte als Tänzerin im Varieté gearbeitet und wollte zusammen mit ihrem Freund nach New York. Sie war nur eine von den zigtausend Frauen, die das schwammtrockene Berlin des Jahres 1928 wie Tropfen in sich aufsog, nur um sie bei nächstbester Gelegenheit wieder auszuwringen zu lassen. Zusammen mit ihrem Freund, einem im selben Nachtclub arbeitenden Saxophonspieler, hatte sie sich vor zwei Tagen an Bord der Columbus geschlichen. Der Durst hatte sie aus ihrem Versteck getrieben und wegen des famosen Plans, in Erste-Klasse-Kabinen einzubrechen, waren sie aufeinander losgegangen. – Das heißt, weil sie ihn davon abhalten wollte. Da kam dann ich ins Spiel. Jetzt hatte die Frau Hunger und Durst – und ich eine Karaffe Wasser, Obst und Lust.

Während sie am nächsten Morgen das Waschbecken benutzte, verließ ich die Kabine Richtung Badezimmer. Unterwegs traf ich den Steward und bestellte bei ihm schon einmal ein üppiges Frühstück. Der Gang zum Zweite-Klasse-Badezimmer war großzügig mit dunklem Teakholz vertäfelt, nur unterbrochen von den Kabinentüren der ersten Klasse, die massiv genug waren, um alle Geräusche im Inneren zu schlucken. Der Toilettenraum lag am Ende des Flurs. Ein Bad mit einer Emaille-Wanne in der Mitte neben einem zweiten Raum mit Porzellan-Klosett und Waschbecken. Trotz unverschlossener Tür war das Badezimmer nicht leer. Ein Mann, Typ Gigolo, stand mit nacktem Oberkörper vor dem Spiegel und untersuchte darin seine Schulter. Die tiefen Risse und Kratzer, die über seinen halben Rücken liefen, schienen von Fingernägeln zu stammen und die Bissspuren in seinen Oberarmen von kräftigen Zähnen. Der Mann warf sich rasch seinen Bademantel über, als er mich bemerkte, murmelte ein paar unverständliche Worte und war auch schon Richtung Kabinengang verschwunden. Während ich mich wusch, brummten die Reste des grünen Dämons in meinem Schädel. Auch wenn es seit Jahren verboten war, Absinth zu verkaufen, gab es in Berlin für alles eine richtige Adresse. Das Thujon im Wermut hin oder her – nichts betäubte meine Gespenster besser als die flüssige Fée Verte, nichts kratzte die Reste meiner Kreativität besser aus mir heraus. Zu spüren bekam das Claire bei meiner Rückkehr. Sie hatte zwischenzeitlich dem Steward die Kabinentür geöffnet und sich über Brötchen und Kaffee hergemacht. Genauso, wie ich mich jetzt über sie hermachte: ausgehungert, als wären diese viel zu warmen Lippen die letzten, die ich jemals fühlen, sehen, riechen, schmecken und öffnen würde. Als Tänzerin war ihr Körper durchtrainiert, war sie biegsamer und gelenkiger als die meisten anderen Frauen, die ich im Laufe der Jahre kennengelernt hatte.

Unsere Spiele schienen ihr Spaß zu machen – warum sonst hätte sie sich danach wie ein Baby im Bett räkeln sollen. Selbst nachdem wir erschöpft und müde nebeneinander lagen, streichelten ihre Finger noch lange über meine Haut. Natürlich hatte Claire weder einen Pass noch etwas Vernünftiges anzuziehen. Der Ausweis und ihr letztes Geld (nicht einmal genug für eine Dritte-Klasse-Kabine über den Heizkesseln) waren noch im Rettungsboot versteckt – also mussten wir improvisieren. Wir waren den dritten Tag auf See, als ich daher in der Wäscherei der Columbus die Geschichte von den vertauschten Koffern erfand. Da es keine andere Möglichkeit an Bord gab, um Garderobe zu kaufen, spekulierte ich auf gewaschene und nicht abgeholte Kleidungsstücke früherer Passagiere. Mit einem sauberen, knielangen Kleid, einer billigen Pelzkragenjacke, Seidenstrümpfen, einem Glockenhut und frischgewaschener Unterwäsche machte ich mich auf den Rückweg zu meiner Kabine.

Das Leben an Bord fand die meiste Zeit zwischen den Promenadendecks, Speisesälen und Konzertsalons statt. Zu den Kabinen ging man nur, um zu schlafen – allein oder miteinander. Meistens spielte sich das alles hinter verschlossenen Türen ab. Nur eine Kabinentür auf dem Flur meines Außendecks stand dieses Mal zwei Hände breit offen. Puccini-Klänge drangen aus dem Zimmer. Die gealterte *Tosca* saß auf einer Kommode, den grauhaarigen Kopf mit geschlossenen Augen zur Decke gereckt. Aus dem hochgeschobenen Rock lugten zwei dünne Beine heraus, die den Mann dazwischen wie die Fangarme eines Tintenfischs zu packen schienen. Die Art wie knochige Finger über den Rücken des deutlich jüngeren Mannes strichen, erinnerte an chirurgische Instrumente. Von dem Mann sah ich nur sein schwarzes Haar und eine dünne Blutspur, die an seinem linken Arm herunterlief. Sein Gesicht steckte irgendwo zwischen dem Hals und den Armen der Frau fest. Armer Gigolo, schoss es mir durch den Kopf. Es gab sicher bessere Methoden, Geld zu verdienen – aber auch schlechtere.

Claire schlief, als ich meine Kabine betrat. Ich schüttete den Rest des Dämons in mein Glas, gab zwei Fingerbreit Wasser dazu, setzte mich in den Sessel und schloss die Augen. Die Luft roch nach Frau und Anis. Irgendwann stand ich auf, schlug die Bettdecke zurück und sah zu, wie sie aufwachte. Claire war zwanzig, aber sie rieb sich die Müdigkeit wie ein Kind aus den Augen. Um nicht doch noch als blinder Passagier entdeckt zu werden, verabredeten wir, dass sie die Kabine bis zur Ankunft in einigen Tagen nicht verlassen würde. Wir ließen uns das Essen servieren, sie erleichterte und wusch sich im Waschbecken und schlich sich nur nachts zum Toilettenraum. Zum Glück hatte sie die Fausthiebe des Saxophonspielers gut weggesteckt. Die Nase schien nicht gebrochen zu sein und die Blutergüsse verloren sich mehr und mehr unter ihrer Haut in schüchternen Regenbogenfarben. So vergingen die Tage und Nächte. Schließlich war der vorletzte Tag an Bord der Columbus angebrochen. Am nächsten Morgen sollte das Schiff in New York anlegen. Also war es höchste Zeit, Claires Pass aus dem Rettungsboot zu holen, denn ohne Pass gab es keine Zukunft für sie. Die neue Welt verlangte ihre Eintrittskarte. Der Steward hatte gerade das Tablett wieder abserviert, als ich losmarschierte. Auch diesmal war die Tür der Puccini-Dame nur angelehnt, aber außer einer Arie aus *Gianni Schicchi* hörte man keine anderen Geräusche. Der Himmel war wie die Kulisse für ein Feuerwerk funkelnder Sterne und abstürzender Kometen. Genauso wie ich es erwartet hatte, lag das Schiffsheck verlassen da. Das Geräusch aufgewirbelten Wassers konkurrierte mit den Jazz-Versuchen des Salon-Orchesters. Das Rettungsboot zu erklettern war mühsam. Ich war eben kein Akrobat, für den Seile bloß eine andere Form von Leitern sind. Aber irgendwie schaffte ich es, fand, wonach ich suchte und war zufrieden mit mir und der Welt. Das änderte sich schlagartig, als ich wenig später geräuschlos meine Kabinentür öffnete. Der Steward, ein bulliger Kerl Typ Kriegsveteran, drückte seine Hüfte an der Wand neben dem Bullauge zwischen Claires Beine. Während seine linke Hand ihren Hals wie ein Schraubstock umspannte, nestelte die rechte an seiner Hose herum. Claire hing zwischen der Wand und dem Körper wie eine kraftlose Puppe und japste nach Luft. Bevor der Steward wusste was hinter ihm passierte, traf ihn mein Schlag im Genick. Ich hatte nach dem Erstbesten gegriffen, was ich finden konnte. Der Bronzepanther, der – ganz Art Déco – sprungbereit auf dem kleinen Schreibtisch gestanden hatte, ließ das Genick des Mannes zersplittern. Claire war nackt, würgte und keuchte – aber hatte noch genug Energie, um auf den am Boden liegenden Mann zu spucken. Mein fratzengesichtiges Spiegelbild schien mich durch das Bullaugenfenster auszulachen. Der Steward musste gewartet haben, bis ich die Kabine verlassen hatte, und war dann zurückgekommen, um sein Schweigegeld von einem blinden Passagier einzufordern. Dumm war er also nicht gewesen – nur gierig und deshalb jetzt mausetot. Claire wollte, dass wir die Leiche wie die des Saxophonspielers entsorgten, aber dieses Risiko war mir zu groß. Sollten sie ihn doch finden – morgen, unter dem Bett, wenn wir das Schiff schon lange verlassen hatten. Ich änderte meine Meinung erst, als ich auf dem Weg zum Badezimmer an der wieder nur angelehnten Tür der gegenüberliegenden Kabine vorbeiging. Dieses Mal war keine Musik und kein Stöhnen zu hören. Also schob ich kurz entschlossen die Tür ein Stück weiter auf und spähte ins Innere. Niemand war da. Rasch ging ich zurück, packte mir den toten Steward über die Schulter und deponierte ihn unter dem Bett der grauhaarigen Dame. Das kalte Wasser, das ich mir anschließend im Badezimmer über den Nacken laufen ließ, machte mir augenblicklich Kopfschmerzen. In dieser Nacht küsste mich Claire noch leidenschaftlicher als sonst. Die Angst vor dem nächsten Tag ließ sie auch später dicht an mich herankriechen, bis unsere Körper wie zusammengewachsen dalagen. Weil mein Verlagshaus nur diese Einzelkabine für mich gebucht hatte, verabredeten wir für die Ankunft in New York, getrennt von Bord zu gehen. Ich gab ihr einen meiner Koffer, damit sie nicht mehr Aufsehen als nötig erregen würde, dazu ihren Pass, meine Hoteladresse am Hafen und einen letzten Kuss.

Mein Schiff nach Salvador de Bahia, die Cozumel, legte erst am übernächsten Tag ab. Ich übernachtete allein in dem Hotel am Pier der großen Hoffnung, dessen grelle Leuchtreklame mich nicht schlafen ließ. Claire war wohl irgendwo anders untergekrochen, also war das Bett zu kalt und zu weich und der Whisky zu warm und zu rau. Unrasiert trank ich am nächsten Morgen meinen lauwarmen Kaffee, schrieb ein paar Seiten an meiner Reportage und trat mir den Rest des Tages auf den Straßen New Yorks die Füße platt. Die Gegend um das Hotel war schäbig. Graue Häuserfassaden, die an Berliner Hinterhöfe erinnerten. Selbst die Huren passten sich hier dem Straßenbild an. Erst vier Blocks später begannen die Gebäude eleganter zu wirken. Stahl und Glas werteten die Häuser auf wie Zigarettenspitzen und kecke Hüte die Prostituierten. So schleppten sich die Stunden durch den Tag wie ich mich durch New York. Während sich die Heilsarmee auf dem Rückweg zum Hotel um meinen Seelenfrieden kümmerte, halfen mir Mr. Whisky und seine dunkelhäutige Assistentin Mrs. Namenlos durch die Nacht. Als ich die Hoteltür beim Verlassen am nächsten Tag hinter mir zuzog, lag sie noch immer schlafend unter meiner Bettdecke.

Die Cozumel war ein Frachtdampfer der US StarLine, der auch Passagiere im regelmäßigen Liniendienst nach Südamerika transportierte. Nach weiteren endlosen Tagen an Bord legten wir endlich irgendwann in Bahia an. Erst am nächsten Morgen flog ich mit einer Junkers F13, einem Routenerkundungs- und Postflieger der Syndicato Condor Limitada, schließlich nach Manaus. Zerschlagen und müde begann ich in einem öden Hotel die nächsten Seiten meines Tagebuchs zu füllen. Mittlerweile lag das Notizbuch im Seitenfach meiner Reisetasche – geduldig darauf wartend, verschickt und gelesen zu werden. Aber wen interessierte das noch?

Mein salznasses, khakifarbenes Unterhemd klebte nun wie eine zweite Haut auf meinem Körper. Die dünne Baumwolljacke darüber hatte ich längst ausgezogen. Wenn es doch in dieser Baracke nur nicht so schwül wäre, so unerträglich schwül! Wir waren zu neunt in Manaus gestartet: acht Abenteurer unterschiedlicher Nationalität und ein offizieller Reiseleiter, der die zusammengewürfelte Truppe in ihren vier Booten mit jeweils zwei Indios an Bord begleitete. Klein und stämmig sah er aus, wie ein zu fett gewordener Pferde-Jockey. Dennoch war er durchtrainiert wie ein Rugbyspieler und gelenkig wie ein Seilakrobat. Tag für Tag stieg er mehrmals während der Fahrt von einem Boot zum anderen. Seine kurzen, bis zu den Zehen behaarten Beine glichen das beim Aneinanderschlagen der Boote entstehende Rucken mit spielerischer Leichtigkeit aus. Meine Beine hatten weit weniger Gewicht zu tragen. Trotzdem waren sie seit ein paar Stunden bleischwer und taub. Wie merkwürdig! Da saß – nein, da kroch gerade eine handtellergroße Spinne behäbig und ohne jede Furcht über meinen Fuß, und ich spürte es nicht einmal. Ganz bestimmt war daran dieses verdammte Fieber schuld.

»Sometime erwischt the fever todo mundo auf Reise.« In einer erstaunlicherweise gut zu verstehenden Symbiose aus Englisch, Portugiesisch und Deutsch hatte der Reiseleiter auch für den Blutgeschmack in meinem Mund und diese alles beiseite fegende Übelkeit die richtige Erklärung: »Tropical – Tro-pen-fie-ber, lógico! Felizmente, I haben the right medicina on board. Chinin – no problema. – Do you müssen pouco paciência haben ... « Geduld?!

Meine paciência endete, als ich den Reiseleiter den dritten Abend hintereinander aus den Zelten der weiblichen Reiseteilnehmer kommen sah. Ein ungewaschener Macho, der es irgendwie schaffte, mit seinem klebrigen Charme Höschen auszuziehen. Selbst der in Tropenuniform gekleideten, tagsüber unnahbar wirkenden Engländerin entlockte er an diesem Abend spitzes Stöhnen in ihrem Zelt. Irgendwie waren diese Töne dann so etwas wie sein Todesurteil. Am nächsten Tag sprang er wieder leichtfüßig von Boot zu Boot. Es war nicht weiter schwer, sich im entscheidenden Moment kurz umzudrehen, als würde man etwas aus dem Amazonaswasser herausfischen wollen, und scheinbar zufällig dabei das Nachbarboot anzustoßen. Der Einbaum war dadurch höchstens einen halben Meter vom Parallelkurs abgekommen. Genug aber, um den Mann ins Wasser fallen zu lassen. Für einen sportlichen Schwimmer eigentlich kein Problem – es sei denn, dass Kaimane und Piranhas, auf der Suche nach einem Leckerbissen die Boote verfolgten. Den bekamen sie.

Nur, was hatte ich davon? Trotz des richtigen Medikamentes hatte ich mich in derselben Nacht stundenlang hin und her gewälzt. Pausenlos quälten mich Schmerzen vom Nacken bis zu den Zehen, bis sie ganz plötzlich verschwunden waren. Als seien meine überspannten Nerven explodiert und mit dem Gefühl, meine verbrannte Haut müsse sich erst von diesem Crescendo erholen, spürte ich seitdem überhaupt nichts mehr. Zurück blieben ein unversehrtes Gehirn und ein klarer Verstand. Wenn da nur nicht diese unerträglich laut tickende Uhr gewesen wäre!

War es Zufall, dass mich das fest verschlossene Armband an eine Handschelle erinnerte? Die Uhr war ein Geschenk meiner Frau. Vielleicht erinnerte mich deshalb das Geräusch des unaufhaltsam über ein mondsilbernes Ziffernblatt wandernden Sekundenzeigers an Carlottas helle Stimme. Ja, dieser phosphoreszierende, die Dunkelheit zerschneidende Zeiger lachte mich aus, verspottete mich. Wenn ich mich nur bewegen könnte! Ein paar Zentimeter würden schon genügen, um das ins Fleisch schneidende Metallarmband zu lösen und diese teuflische Uhr in die Ecke zu werfen. Wenn es doch nur nicht so heiß, nur dieses gottverfluchte Fieber nicht wäre!

Auf dem mitten im Zimmer stehenden, unterschenkelamputierten Tisch flackerte das unruhig werdende Licht der leer gebrannten Petroleumlampe. Bald würde es völlig dunkel sein. Dann würde die Nacht auch diesen Raum überfluten. Und ich könnte es nicht verhindern, könnte es nie mehr verhindern.

Was für ein Wahnsinn!

Warum hatte ich mich nur darauf eingelassen?

Jedes Mal begannen und endeten meine Gedanken an ein und demselben Punkt: Wie ein Opiumsüchtiger hatte ich damals, vor tausend Jahren, dieses verwöhnte, untreue Idealbild einer Frau geheiratet. Eine Frau, die durchs Leben tanzte, sich die Knie puderte und Männer wie ihre Hüte wechselte. Sie war der wahre Grund für mein Desaster – der Finger am ersten umgestoßenen Dominostein.

Alle wartenden, hungrigen Krankheitserreger in mir waren nur die Folge ihrer Nörgeleien. Hier in der grünfeuchten Hölle hatte sich irgendetwas in meinem Körper eingenistet – und irgendwo musste es Parallelen zwischen Carlotta und diesem Tropenfieber geben. Bestimmt war dieses Etwas unter dem

Mikroskop auch nackt, blond und ähnlich anziehend wie sie. Übermächtig wuchs in mir der Wunsch, sie noch einmal zu berühren, zu küssen, zu lieben, sie anzustecken.

So lag ich in der Dämmerung, in der weit aufgestoßenen Tür einer alles verschlingenden Tropennacht. Ein vor Tagen gestorbener, mittlerweile verwesender Körper und ein ruheloser Geist auf einer ebensolchen Wanderschaft.

FRAGEN & ANTWORTEN

Thema Amazonas

Frage:

Dass der Amazonas der längste Fluss der Erde ist, wissen viele vielleicht noch aus dem Erdkundeunterricht. Würde man ihn strecken, was für eine Entfernung würde er dann zurücklegen?

☐ Von Berlin bis New York.
☐ Von Berlin bis Moskau.
☐ Von Berlin bis Kapstadt.

Antwort:

Von Berlin bis New York.

Der Amazonas hat eine Länge von 6.868 km, was einer Strecke von Berlin bis New York entspricht. Als größter Fluss dieser Erde entleert er übrigens von den Flüssen dieser Erde ein Fünftel allen Wassers ins Meer. In der Regenzeit, wenn der Amazonas besonders viel Wasser in sich trägt, kann man sogar noch 40 km von der Mündung entfernt im Meer in Süßwasser baden.

Frage:

Im Amazonasgebiet leben auch heute noch um die 230 indigene Völker, die mit unterschiedlichen Sprachen kommunizieren. In einer der 170 Sprachen wird ein bestimmtes Phänomen »Pororocá« genannt. Um was handelt es sich dabei?

☐ Trockener Fluss.
☐ Donnerndes Wasser.
☐ Aufsteigende Flut.

Antwort:

Donnerndes Wasser.

Das Phänomen entsteht während des Wasserhochstandes des Amazonas, wenn er an seiner Mündung eine Breite von 250 km annimmt und sogar Überseeschiffe rund 4.000 km ins Landesinnere fahren können. Kommt es in dieser Zeit bei Voll- und Neumond zur Flut, schwemmt eine bis zu fünf Meter hohe Welle den Fluss hinauf – und das ist mit ganz schön viel Lärm verbunden.

Frage:
Woher der Amazonas seinen Namen hat, ist bis heute nicht eindeutig geklärt. Einer Theorie nach ist er der Mythologie entnommen worden. Wer oder was könnte sein Vorbild sein?

☐ Die Amazonen aus der griechischen Mythologie.
☐ Amor aus der römischen Mythologie.
☐ Amažoná aus der indianischen Mythologie.

Antwort:
Die Amazonen aus der griechischen Mythologie.
Der Überlieferung nach begegneten dem europäischen Entdecker Francisco de Orellana 1541 auf seiner Expedition im Amazonasgebiet ein Stamm Einheimischer, bei dem die Frauen das Sagen hatten und kämpften. Da sie ihn angeblich an die Amazonen erinnerten, soll er den Fluss nach ihnen benannt haben. Eine andere Theorie greift übrigens das Phänomen des »Pororocá« auf. Das indianische Wort »Amassona« für den Fluss, was so viel wie »Schiffezerstörer« bedeutet, würde vom Klang her ebenfalls als Namensursprung infrage kommen.

Frage:

Wenn man an den Amazonas denkt, kommen einem direkt auch Begriffe wie Urwald, Dschungel, Regenwald und jede Menge Pflanzen in den Sinn. Schätzen Sie mal: Wie viel des Sauerstoffs auf der Erde wird im südamerikanischen Regenwald durch seine Pflanzen produziert?

- ☐ 10 %
- ☐ 15 %
- ☐ 20 %

Antwort:

20 %.

Wie jeder aber auch weiß, wird der Pflanzenbestand des Regenwalds schon seit längerer Zeit durch Rodungen stark dezimiert. Tagtäglich werden von Brasilien aus 52 km^2 abgerodet – was der Fläche von etwa 6.400 Fußballfeldern entspricht.

Frage:

Was wäre ein Regenwald ohne eine große Artenvielfalt an fliegenden, kriechenden, schwimmenden, kletternden und laufenden Lebewesen! Von den geschätzten 12,5 Millionen verschiedenen Tierarten leben ein Zehntel im Amazonasgebiet. Einer dieser Vertreter, der Piranha, ist berühmt berüchtigt – und das schlägt sich auch in seinem Namen wieder. Was bedeutet er?

☐ Teuflischer Fisch.
☐ Gefräßiger Fisch.
☐ Bissiger Fisch

Antwort:

Teuflischer Fisch.

Der Name Piranha setzt sich aus zwei Wörtern zusammen: So bezeichnet der Begriff »pirá« das deutsche Wort »Fisch«, während »aña« für »böse« oder »Teufel« steht. Übrigens sind Piranhas nicht immer aggressiv und ernähren sich vor allem von toten oder kranken Tieren. Nur wenn sie großen Hunger haben, unter Stress stehen oder die Männchen ihre Brut bewachen, machen sie auch vor gesunden Lebewesen nicht halt. Dann sollte man sich lieber eine andere Stelle zum Baden suchen.

Edition Kuvertgeschichten

KLEINE GESCHENKBÜCHER MIT GROSSEM INHALT

Alles, außer gewöhnliche Kurzgeschichten –
Illustrationen und Fragen & Antworten
zu besonderen Themen

WIND UND STERNE Verlag –
Fabienne Meyer

WER SIND WIR?
Ein kleiner, engagierter Verlag
abseits vom Alltäglichen,
mitten in der pfälzischen Provence.

WAS VERLEGEN WIR?
Niemals unsere Nerven, dafür immer
gute Kriminalgeschichten,
unheimlich gute Mystery-Storys,
Kinder- & Jugendbücher,
HistoryMysterys,
Leporello- und Kuvertgeschichten.

KONTAKT/BESTELLUNGEN:
windundsterneverlag@gmail.com
windundsterne-verlag.com
Tel. 06755-1825
Fax. 06755-1701

In unseren Kriminalgeschichten
wird mit dem Kopf gemordet
und mit dem Herzen.